Voyageuse en écriture comme dans la vie, Chantal Pelletier navigue avec bonheur des nouvelles au théâtre (elle a été une des 3 Jeanne), des romans (aux Éditions Joëlle Losfeld) aux polars, dont six ont été publiés à la Série Noire (*Éros et Thalasso*, 1998 ; *Le chant du bouc*, 2000 ; *Troubles fêtes*, 2001 ; *More is less*, 2002 ; *Montmartre : Mont des Martyrs*, 2008 ; *Nos derniers festins*, 2019). Elle vit aujourd'hui à Avignon.

À Elise Milicevic et Sophie Glaas
À Bruno Georgesco et Salvatore Melgiovanni
Pour les amitiés gourmandes

Lorsqu'il n'y a plus de cuisine dans le monde, il n'y a plus de lettres, d'intelligence élevée et rapide, d'inspiration, de relations liantes, il n'y a plus d'unité sociale.

ANTONIN CARÊME, *Le pâtissier pittoresque*

Juin 2044, quelque part en Provence…

Le rouquin moustachu, l'œil gris et le front haut, plutôt joli garçon, avait tout appris de la confection d'une blanquette à l'école de cuisine. L'âge du veau, son origine, le choix du morceau, les ingrédients – échalotes, carottes, champignons, aromates, bouquet garni –, le roux, l'ajout de crème fraîche puis de jaunes d'œufs pour ensoleiller le tout.

Ce genre de plat n'était pas à son goût mais à celui d'un club de vieillards qui l'avait commandé pour fêter le centenaire de la naissance d'un certain Coluche. Ce rigolo à nez rouge, mort avant les guerres du Golfe et qu'il ne connaissait pas plus que ça, avait donné à sa grand-mère sa devise : *Si on en profitait pour s'emmerder chaque fois que c'est triste, eh bien ce ne serait pas gai*, ce qui n'était pas faux. Des survivants cacochymes en train de s'empiffrer, ça ne devait pas être joyeux non plus.

Pourtant, seul dans la grande cuisine voûtée, le visage embrumé de vapeur odorante, le trentenaire salivait en touillant sa tambouille. Le ragoût ronronnait dans une cuve en inox fichée dans ses circuits électroniques à une trentaine de centimètres du sol et qui arrivait à hauteur de son estomac implorant, aussi tendu qu'un sexe à bout de nerfs.

Transpirant, il patouilla dans le liquide moelleux pour composer une cuillerée complète. Il s'imaginait déjà mâcher ensemble la barbaque, les légumes et la sauce dont le mariage exploserait dans sa bouche en particules de plaisir et il fut bien avisé d'anticiper sa joie : poussé violemment par-dessus bord, il plongea tête la première dans le grand faitout et mourut avant de porter le délice à sa bouche, étouffé dans son chef-d'œuvre noyé de crème, bouillottant au milieu de morceaux d'épaule et de tendron d'un veau élevé avec tendre affection sous la mère. Comme quoi imaginer est primordial, vivre n'étant jamais tout à fait sûr.

Dès l'alerte, la Janvier déclencha la sirène en accélérant comme une malade. Ferdinand se crispa sur le siège passager, son petit déjeuner menaçait de revenir dare-dare à son point de départ.

— Allô, oui, ici Anna Janvier et Ferdinand Pierraud, contrôle d'un accident suspect dans notre secteur. O8N62.

On entendit le bip de fin d'enregistrement, Ferdinand avait trop chaud, le soleil pleine face venait le cramer jusque derrière le pare-brise et, tête penchée pour s'abriter le visage sous son chapeau de paille, il faisait profil bas.

— Pierraud, j'ai jamais aimé le western, et ces affaires-là tiennent de l'attaque de diligence, ça surgit de partout, vous comprenez ?

Il rageait du ton qu'elle prenait pour s'adresser à lui comme à un débile profond. Les véhicules transportant de la bouffe clandestine avaient beau être attaqués partout dans l'Hexagone, les collines douces où perchaient des villages à églises au-dessus d'oliveraies, de vignes et de vergers n'avaient rien du Far West.

— Vous savez, Pierraud, je fais ce métier depuis douze ans. Les extrémistes sont de plus en plus nombreux et les meurtres alimentaires ont doublé en cinq ans.

Sa robe courte remontait sur ses cuisses qu'elle avait dodues et bronzées. Fière de sa silhouette replète, qui manquait pourtant d'élégance mais pas de bonne humeur, elle aimait s'exhiber, Ferdinand allait devoir s'y faire. Dès qu'il l'avait vue, il s'était dit qu'elle avait tout du bonbon sur pattes, mais sa vision devenait de moins en moins sucrée.

— Trois à quatre mille morts par an – autant qu'à une époque les accidents de voiture ! C'est dément ! Forcément, on risque notre peau tous les jours !

Anna Janvier était sujette à l'affolement depuis qu'un traumatisme avait porté sa réserve de sang-froid à ébullition : son chef tué trois ans plus tôt dans une embuscade alors qu'ils accompagnaient un convoi de saisie de fromages au lait cru. La promotion inattendue dont elle avait alors bénéficié ne l'avait pas consolée.

— Ça s'est joué à dix minutes, Pierraud. À un cheveu, le pauvre serait encore de ce monde.

Raconter ses malheurs portait la poisse, et Ferdinand ne s'y risquait pas, il avait déjà assez d'ennuis comme ça. À Paris, la Janvier serait passée comme lui par une cellule post-traumatique qui l'aurait nettoyée de sa plaie. La pratique devait être ignorée ici, où on en était au XXe siècle, autant dire au Moyen Âge !

Il ne se faisait aucune illusion sur ses facultés d'adaptation à ce coin qui le rebutait, il n'en finissait pas de le constater depuis son arrivée trois jours plus tôt. *Dieu a inventé la campagne et les hommes la ville*, et il préférait résolument les hommes aux dieux et donc la ville à la campagne. Le silence menaçant dans lequel bourdonnaient des insectes et gazouillaient des oiseaux, le foutu ciel écrasant de lumière et ces odeurs de fleurs, d'herbes, de fruits qui envahissaient les vallées, tout cela lui filait la trouille. La région championne de fruitiers qui comptait autant d'heures d'ensoleillement que Nice était une version cauchemardesque de l'enfer pour un type qui se couvrait de bubons dès qu'un rayon de soleil lui caressait la peau et qui enflait sévère dès qu'un morceau de fruit effleurait son palais. Arriver aux jours les plus longs de l'année quand le soleil cogne douze heures sans faiblir empirait le supplice. Il s'était fait avoir en acceptant une formation de neuf mois au contrôle alimentaire pour rester à Paris et finalement se retrouver à plus de sept cents bornes de la capitale. Il n'avait décidément pas le sens du calcul.

— Restez loin des lieux de l'accident, hurlait la Janvier dans son micro qui dessinait une virgule à peine visible à son oreille droite, ne vous en mêlez surtout pas !

Sur l'écran, deux types, l'un casquette enfoncée sur le crâne, dont on ne voyait qu'un profil flou, l'autre, un barbu en gros plan déformé par le grand-angle mais dont on notait pourtant l'affolement :

— Le chauffeur est blessé !

— J'ai appelé l'ambulance, ils arrivent.

— Le gars s'est pris un sanglier, insistait le type.

— Épargnez-moi les conclusions hâtives, s'il vous plaît !

Le barbu se tut, leva les bras vers le ciel pour l'implorer avant de les laisser retomber, puis l'image l'engloutit dans un hoquet à peine audible.

— Je vous préviens, Pierraud, la contrebande, c'est 70 % de l'activité de notre secteur, on ne risque pas d'être au chômage !

Parvenus à cent cinquante mètres du point GPS, Janvier et Pierraud virent du haut de la pente les deux types près d'un pick-up garé en bas d'un champ d'abricotiers. La Janvier se mit à rouler au pas, actionnant le panoramique du tableau de bord qui n'indiqua aucun mouvement suspect sur les crêtes environnantes, et Ferdinand pensa que malgré son probable soulagement elle était vaguement déçue de ne pas avoir droit à sa scène de western.

L'écran principal braqué sur le véhicule radiographiait le contenu du pick-up et ses alentours immédiats, proposant son analyse en différentes couleurs, puis les légendes explicatives clignotèrent en surimpressions blanches, détaillant le chargement : *végétaux / fruits* sur de nombreux parallélépipèdes jaunes et verts, en dessous, *conserves* sur des aplats gris. Par terre, devant les deux types, en rouge, *chair morte / sang*.

Dès que la Janvier s'arrêta et gicla de l'habitacle, le bruit de sirène fit place au chahut des cigales, comme le grésillement d'une énorme poêle à frire annonçant l'heure de la cuisson. À dix heures du matin, il devait déjà faire 29-30 degrés, ressentis 33, indice UV à courir aux abris, ce qui ne semblait pas du tout déranger la Janvier qui offrait sans crainte au cagnard une surface maximale de peau moulée dans un rectangle de coton bleu. Elle avait le chic pour avoir toujours l'air déshabillée.

Ferdinand sortit de la voiture et avança prudemment. Outre la chaleur étourdissante, il appréhendait les herbes folles du bord de la route qui lui menaçaient les chevilles. Ses godasses à coussins d'air n'avaient jusqu'ici connu que l'asphalte et se seraient volontiers passées d'autres aventures. Légèrement voûté, il donnait l'impression d'être trop grand pour ses modestes ambitions et trop mince pour toiser le monde.

Histoire de ne pas faire sa Japonaise, il n'avait pas osé l'ombrelle. Coiffé de son chapeau à large bord et couvert par une chemise de coton dont les manches longues aux poignets déboutonnés lui camouflaient les mains, il n'ignorait pas que cette tenue lui donnait des airs de cocotte, ce qui amusait beaucoup la Janvier qui n'avait pourtant pas de leçon à lui donner : elle affichait une ressemblance notable avec l'ex-chancelière Angela Merkel dans les années 2000, l'air de rien mais qui peut beaucoup, le genre de nénette qui lui faisait perdre ses moyens, par ailleurs pas vraiment reluisants. Il filma le panoramique de la scène avec son écran, la Janvier l'ayant prévenu qu'elle comptait sur lui pour mémoriser tout ce qui se passait, parce que, elle, la technique, c'était pas son verre de blanc.

Comme annoncé par le détecteur, le pick-up était rempli de végétaux bien rangés. En l'occurrence des cageots d'abricots. À l'arrière, le sanglier responsable de l'accident, encadré d'un miroir de sirop grenat, avait le crâne coiffé d'un grand turban de confitures de groseilles.

— Le gars roulait vite, il s'est pris la bête de plein fouet juste en bas de la pente, expliqua le barbu.

La Janvier goûta un abricot d'un velouté carotte et grogna de plaisir :

— Pas mal ! Je préfère l'orangé de Provence, mais c'est un peu tôt… Vous en mettrez deux cageots dans notre coffre quand même, je ne vais pas faire la difficile.

En contrebas, la camionnette accidentée n'avait pas tout à fait réussi deux tonneaux et gisait sur le dos les quatre roues en l'air dans un champ de lavande qui n'avait pas encore atteint sa couleur touristique et balbutiait une lueur violette annonciatrice. Au cul du véhicule, la cargaison était répandue en pyramide : foie gras en bocaux, en boîtes, sous vide dans des poches isothermes, dont quelques-unes étaient éventrées… Une sorte d'installation postmoderne dénonçant la folie des Terriens qui, depuis la Rome antique et même bien avant, torturaient des oiseaux en les saturant de lipides avant de leur arracher le foie pour s'en faire des tartines de bon cholestérol. Une friandise qui avait fait les beaux jours du paradoxe culinaire français dans certaines régions de l'Hexagone avant les passions animalières et les pandémies mondiales dues aux virus à volatiles.

Ferdinand, interdit de mouvement, restait piqué entre les deux véhicules. Son écran enregistrait la camionnette les quatre pneus en l'air, et Anna Janvier accroupie près du chauffeur hébété, assis entre deux bourrelets de lavande grise. Les cheveux clairsemés du type pleuraient deux larmes de sang qui lui balafraient la joue et, dans une langue des signes improvisée accompagnée d'interjections bizarroïdes, il tentait de signifier qu'il n'avait rien à dire, et la Janvier s'énervait sur le traducteur de son écran. Quand elle revint vers lui, il savait bien n'être pas à son avantage, les bras ballants, la bouche légèrement entrouverte et le regard désert, transpirant à grosses gouttes sous son chapeau et sa chemise. De quoi se réjouir que le ridicule ne fasse pas toujours son boulot, car, malgré son manque d'optimisme, Ferdinand n'avait pas les atouts pour faire un mort heureux. Il lui arrivait même d'imaginer que derrière la terrifiante frontière de la quarantaine qu'il allait bientôt franchir, il avait encore quelques belles heures à vivre. À se demander si l'optimisme ne grandissait pas avec les années. Il suffisait peut-être d'un peu de curiosité pour accepter de devenir vieux. Considérer que c'était une chance de contempler l'existence de haut, de découvrir sur la fin, donc un peu trop tard, que le plaisir tout bête de respirer était le must du ravissement. Durer comportait peut-être quelques atouts, pas seulement des risques. Il se redressa, tirant ses épaules en arrière, comme s'il se rappelait fugitivement que tout sapiens doit son titre de mammifère le plus évolué de la planète à son statut de bipède debout et droit brandissant sa tête comme un trophée face aux colères du ciel.

— Le Bulgare ne paraît pas trop amoché, il osa, quand la Janvier revint vers lui.

— Qui vous a parlé de yaourt brassé ?

— La camionnette immatriculée en Italie. L'axe Sofia-Bari-Naples-Marseille est le plus fréquenté par les trafiquants de foie gras, non ?

Elle émit un raclement de gorge accompagné d'un haussement de sourcils, comme si elle parlait d'un gogol :

— Eh bien dites donc, ça paie pas de mine, mais ça réfléchit, ces petites choses-là !

Elle éclata d'un rire égrillard et, par chance, arrêta net le geste qu'elle faisait dans sa direction : il avait cru un instant qu'elle allait lui mettre la main au panier.

Les deux types, qui avaient gentiment chargé deux cageots d'abricots dans le coffre de la bagnole, regardaient avec perplexité le sanglier, jolie nature morte dans son ovale de sang étincelant au soleil.

— Bon, les gars, merci pour les abricots, il fallait pas, vous êtes trop aimables et finalement pas si gourmands que ça, à ce que je vois, vous avez juste fait un petit prélèvement.

— On n'a rien touché, on vous promet !

— Oh là ! Pas de grands mots, hein ? Vous n'avez pas mangé de foie gras, c'est pas ce que je dis, vous en avez mis un peu de côté, et je vous comprends : la tourte de sanglier au foie gras, servie tiède avec une salade de pourpier aux échalotes, c'est un supplice ! Mieux une petite ponction qu'une razzia. Qui sait rester modeste mérite d'être encouragé. Bref, je scanne juste vos papiers, et vous emportez la bestiole. Après tout, mort d'animal n'est pas mort d'homme. Les sangliers pullulent depuis qu'on a fait la chasse aux chasseurs, ce qui perturbe la circulation, je le reconnais. Je ne suis pas Astérix, et mon collègue encore moins Obélix, vous l'aurez remarqué. Personnellement, je n'ai pas vu le moindre cochon sauvage à l'horizon, mon collègue non plus, et la barbaque sera mieux entre vos mains qu'à faisander au milieu des tracasseries administratives. J'ai une devise et j'essaie de m'y tenir : en dehors de sapiens bien sûr, *tout ce qui périt en bonne santé est mieux mangé que gâché !* Je vous conseille tout de même de faire tremper d'abord les fruits dans le cognac, vous m'en direz des nouvelles.

Les deux gars avaient du mal à cacher leur contentement en chargeant la bête sous les cageots d'abricots. Un biniou retentit. Une ambulance dévala la pente en clignotant de tous ses feux, suivie de deux gros casques de policiers de la circulation, debout bien droit sur leurs hoverboards dans leurs tenues de scaphandriers.

La Janvier accompagna les brancardiers vers le blessé, les abandonna pour accueillir les deux casqués qui allaient s'occuper du véhicule, et elle de la marchandise saisie, ce qui était un foutu casse-tête.

Avec l'intensification des infractions, on ne savait qu'en foutre.

— C'est comme les déchets nucléaires, se lamenta Anna Janvier en s'installant derrière le volant, même les partisans les plus acharnés de l'atome ne peuvent nier qu'ils constituent un problème, bien après la fermeture de la plupart des centrales.

Puis elle se mit à soupirer :

— Pierraud, arrêtez de faire la gueule, vous allez vous marcher sur le menton ! J'espère que vous n'allez pas me faire un choc anaphylactique parce qu'on a quelques fruits dans le coffre !

Elle avait une façon de pouffer très gamine, un peu japonaise, à planquer son rire derrière sa main, qu'elle avait petite et potelée. Il grommela, espérant ne pas se faire entendre :

— Je ne me donne en spectacle que dans les grandes occasions !

— Ne me tentez pas, Pierraud, je suis gourmande. Mon fruit préféré, c'est la figue ! Dans le mur de notre baraque, on avait un figuier d'avant les Lumières, qui donnait des sultanes noires. Du miel ! Un délice pareil poussant sur un tronc qui tient du rocher et du pied d'éléphant malade, c'est biblique, je vous le dis ! Parce que c'est une figue qu'Ève a mordue en croyant goûter à une de celles qu'Adam portait entre ses jambes, et par pure générosité, je précise ! Pour apprendre le plaisir au premier homme qui n'était pas capable d'y penser tout seul. Finalement, dans l'intolérance aux fruits, vous avez des antécédents très très anciens !

Elle se trémoussa comme si elle imaginait qu'un

jour il lui ferait un *seul en scène* dont elle serait l'unique spectatrice. Ferdinand sentit un coup de chaud lui flamber le visage, des mâchoires au cuir chevelu. Le rouge du danger qui menace, à se demander s'il n'allait pas finir par lui flanquer une plainte pour harcèlement.

— Vous avez filmé, c'est bien, je compte aussi sur vous pour la doc, les archives et tout le tintouin ! On est finalement assez bien assortis !! Je vous laisse gentiment logiciels, fichiers, applications. Vous êtes calé dans ces domaines et même sujet à une forme de dépendance d'après ce que j'ai lu… Je ne risque pas de vous faire concurrence !

Elle était gonflée de le pousser vers de mauvaises habitudes qui l'avaient fait traîner par maman de consultation en consultation. Ado, il avait été accro aux jeux vidéo au point qu'il ne pouvait se priver d'écran une seule journée sans piquer de grosses crises de colère. Il ne vivait que pour entrer dans des mondes où il était mille héros sans peur ni morale autorisés à tuer, sauver, gagner, et il gardait un souvenir atroce de ses deux années de thérapie.

— Pour revenir aux abricots, retenez bien cette leçon, mon petit : il faut toujours faire un prélèvement modeste qui ne met personne dans l'embarras et rassure tout le monde !

Il se jura de lui faire regretter amèrement de l'appeler *mon petit*. Du haut de son mètre quatre-vingt-trois, il ne manquait pas de ressource.

L'écran de la bagnole diffusait les infos en boucle. Comme plusieurs fois par mois désormais, il y avait eu deux morts en Normandie du côté de Vimoutiers, au cours de règlements de comptes entre dealers de camembert qui devenaient incontrôlables.

Anna Janvier coupa le son rageusement et accéléra bien au-dessus de la vitesse autorisée, se moquant des radars et autres injonctions à ralentir, tout en parlant sans arrêt.

— Le foie gras, je vais vous dire, on ferme les yeux sur les petites productions à usage personnel, mais on évite que la contrebande étrangère n'inonde le marché noir, qu'on ne pourra jamais éradiquer, c'est clair, mais qui doit garder des proportions acceptables. Le Bulgare, on va l'interroger, récupérer des éléments sur la filière, et puis on file le tout au bureau Europe qui se démerde.

Ferdinand était submergé par le parfum de sa cheffe, un truc à la vanille inattendu. Utiliser une eau de toilette pareille témoignait de son sens stratégique, elle s'aspergeait d'une senteur de dessert pour donner à ceux qui l'approchaient envie de la becqueter et, bien qu'il n'ait aucune intention de s'y risquer, il commençait à avoir faim.

Halte au génocide ! Fermons les camps de la mort ! Honte à l'holocauste ! Mort aux zoophages ! Sauvons nos frères des massacres ! Nous sommes tous des animaux ! Les publicités animées pour *Le mas des collines* plantées au bord de la route de chaque côté du chemin de bifurcation vers l'établissement avaient été prises d'assaut pendant la nuit. Des slogans rouge vif dégoulinaient sur les écrans géants, façon probable de protester contre la nouvelle carte d'été du restaurant qui se déclinait autour des farcis traditionnels du Midi : légumes de saison (courgettes, tomates, aubergines, oignons) fourrés d'un mélange de viandes hachées et de mie de pain, herbes, ail et oignons. Un plat équilibré s'il en est, mais la mesure n'était plus au goût du jour. Les antispécistes intégristes qui, la semaine précédente, avaient vandalisé un abattoir en laissant un mort et un blessé grave sous l'effondrement d'un des bâtiments incendiés, commençaient fort leur campagne de harcèlement, toujours spectaculaire avant le début de la haute saison touristique.

Lou composa le code et poussa la grille du passage vers le parc en pestant contre le temps perdu à secouer les sbires du groupe pour qu'ils effacent les déclarations de guerre au plus vite.

Sur la terrasse, Renée nettoyait les tables au milieu d'une armée de parasols repliés qui ressemblaient à des mannequins de vitrine face au parc verdoyant qui sommeillait dans la buée tranquille de sept heures du matin. Devant les oliviers, les arrosages automatiques balançaient en chuintant des torsades de crachin irisé qui perlaient pelouses et massifs trop bien rangés se la jouant Versailles. Aller mettre de la pelouse en Provence, où il ne pleut qu'une douzaine de fois par an en déluges dévastateurs était une hérésie que plus personne ne songeait à déplorer depuis que les lobbies golfeurs avaient réussi à faire passer leurs greens pour *opérations sauvetage de la nature*, à croire qu'ils confondaient la planète avec une balle à envoyer au trou.

La sublime terre qui avait appartenu à Lou et à Nour était devenue usine à fric. La rentabilité avait remporté une victoire écrasante sur ce truc à la noix vanté autrefois comme un atout, le charme, désormais suppôt du passé qui avait intérêt à se faire oublier. Cette opération de désinfection avait fait pousser sur leur ancienne propriété l'épure contemporaine d'un hôtel de cinquante chambres sinuant discrètement dans la végétation, d'un restaurant circulaire entièrement vitré avec sa terrasse plantée de micocouliers et d'un parking souterrain. Lou n'était pas fière d'avoir vendu. Il faudrait toujours s'offrir le luxe de dire non, surtout quand on n'en a pas les moyens.

La journée allait être rude. Jérôme était absent, ce qui était une très mauvaise idée, elle n'aurait jamais dû lui accorder ce congé alors que les touristes étaient déjà arrivés. Au vestiaire, elle enfila une charlotte blanche sur le turquoise de ses cheveux ras, assorti à ses yeux vert pâle. Nour prétendait qu'elle ressemblait à Uma Thurman, l'actrice qui avait joué au début du siècle, et même peut-être à la fin du siècle précédent, elle ne savait plus bien, dans les films de Quentin Tarantino, un réalisateur américain qui avait jadis décroché une palme d'or à Cannes. Peut-être à cause de son mètre quatre-vingts et de sa sempiternelle salopette qui tenait moins de celle des plombiers jadis qu'à la combinaison jaune pétant d'Uma Thurman dans *Kill Bill*, un film où une nana cognait dur tout ce qui l'approchait de trop près sans y avoir été invité.

Lou remonta la fermeture éclair de sa blouse jetable et surgit dans l'espace cuisson. Oreste remuait énergiquement les woks de crevettes-légumes dans un grand nuage de vapeur et elle soulagea son énervement par un aboiement :

— Mais mettez la hotte, bon sang, Oreste ! Les fortunes dépensées pour une ventilation dernier cri, je vous interdis de vous en foutre !

Elle rejoignit Bao dans l'arrière-cuisine, il était en train de déshabiller les soles.

— Va falloir se serrer les couilles parce que je ne suis pas en avance. Pour l'entrée du jour, on tapera dans la terrine de légumes de la semaine prochaine, OK ? Sinon, on garde le pot-au-feu de canard en plat du jour !

Oreste apparut, l'air guilleret sous sa coiffe blanche :

— Je peux préparer des *tians de légumes d'été sur lit de petites pâtes*, j'ai tout ce qu'il faut. L'année dernière, ça avait fait un malheur.

— Parfait !

Effectivement un plat idéal pour ce jour de grand beau : léger, coloré, appétissant, vegan sans ostentation. Elle inspecta les provisions de la chambre froide, tomba sur un cageot de courgettes d'un vert très pâle, pas plus grosses que le pouce et tendres comme du beurre, que Jeanne lui avait fait livrer la veille. Les tailler en longues épluchures et les faire sauter une minute à la poêle avec tofu et gingembre. Ce serait le plat du jour du lendemain.

Cette perspective la calma d'un coup, elle reprit la carte, supprima le parfait vanille, vérifia le stock de sorbets. Cerise, combava, cassis, litchi, kaki. En trio avec un coulis au calisson, c'était une façon impeccable de saluer l'été, et puis il restait de belles framboises, qu'elle pouvait servir avec un espuma au fromage de chèvre. Simple, vite fait.

Elle commença de souffler sur le coup de quatorze heures trente. Au vestiaire, elle s'autorisa un bâillement sonore en étirant son dos, soulagée d'en finir avec la représentation permanente qu'ils donnaient tous dans la cuisine conçue comme une scène de théâtre où, pour distraire le client, les employés habillés de bleu et blanc s'agitaient derrière la vitre. Bosser ne suffisait pas, il fallait aussi fournir l'image du labeur, d'un ballet bien réglé, spectacle unique et en direct qui amusait les convives beaucoup mieux qu'un écran.

En baissant les bras, elle sentit une douleur fulgurante lui irradier la jambe. Le souvenir d'Afghanistan vieux de plus de trente ans continuait à enregistrer avec une précision satanique ses coups de fatigue. Elle prit son troisième cachet de la journée. Ç'aurait été l'heure d'un porto blanc extra-dry bien glacé, le meilleur remontant à cette heure, elle percevait déjà le bienfait possible, le coup de fouet nécessaire. Une chaleur piquante glisse vers le gosier, redonne vie à vos intérieurs, quelque chose s'allume, on voit plus clair, on se réveille, on s'ébroue, prêt à recommencer. Tout ce qui précède s'efface, une porte s'ouvre sur un temps neuf, encourageant… Mais ces plaisirs-là n'étaient plus pour elle, elle n'avait même pas le droit d'y penser.

Dans la salle à manger, il ne restait plus qu'une vingtaine de clients. De derrière le comptoir, elle repéra tout de suite deux types à la table 9, la plus confortable pour observer l'espace cuisine. Un trans et un chauve habillés caméléon-sport-élégant, camaïeu de gris, beige, taupe, de vraies tenues de camouflage. Des contrôleurs, elle en mettait sa main au feu, et son cœur entama illico un galop d'alerte.

Elle visualisa mentalement la carte pour déterminer ce qui risquait de coincer. Les babas au champagne contenaient probablement davantage de sucre que les indications du menu, qui annonçait *3 cuillères*, la réalité étant sans doute plus près de 4. Le pot-au-feu de canard à la citronnelle avait été dégraissé trois fois et devait correspondre aux *2 gouttes* indiquées. Côté allergènes, tout était répertorié, elle était très vigilante, Nour y tenait par-dessus tout.

Calme ! Après tout, les deux caméléons mangeaient tranquillement, peut-être se faisait-elle des idées, c'était son genre, inutile de se mettre la rate au court-bouillon, *la peur est creuse en son centre, et il n'y a rien autour*, lui répétait Nour, et Lou s'efforçait de lui donner raison.

Elle se plongea dans son écran : quarante-cinq réservations pour le seul déjeuner du lendemain, en général à multiplier par deux pour déterminer la clientèle effective, ce serait de nouveau un service à guichets fermés. Elle peinait pourtant à s'en réjouir. Il était loin le temps où Nour et elle sautillaient de joie en constatant leur salle à manger de plus en plus pleine. Très loin. Depuis cinq ans, le temps était devenu un chewing-gum mou et sans goût qui collait aux jours et aux semaines. Avec Nour, Lou aimait les soupirs et la fatigue à partager, notes indispensables à l'harmonie de leurs journées, ponctuations qui rythmaient leur course pleine d'énergie. Désormais, les moments d'allégresse se faisaient rares.

Elle leva de nouveau les yeux vers la salle et se figea : les deux caméléons étaient debout face à une table occupée par un type et sa fille, deux clients réguliers et discrets qui ne payaient pas de mine, tous deux en train de fouiller leur écran pour montrer patte blanche. Elle se dirigea vers eux, tout en zoomant sur le contenu des assiettes, et ce qu'elle distingua ne la rassura pas. Le père terminait le dessert le plus risqué, l'emblème de la maison, le premier plat que Nour avait appris à Lou. Nommé sur la carte *cheveux d'ange à la rose*, constitué de vermicelles craquants enrobés de miel et fourrés de crème parfumée à l'eau de rose. Miel, crème, beurre, cela devait représenter 3 cuillères côté sucre, 3 gouttes côté lipides. Le plat aurait dû être classé à plus de six degrés sur l'échelle des risques alimentaires et proposé en rouge sur la carte pour bien indiquer qu'il était interdit à ceux dont le taux de mauvais cholestérol ou la glycémie à jeun dépassaient les normes sur leur fiche d'identification médicale et aux pauvres gars qui avaient perdu des points sur leur permis de table.

Lou parvint à dénicher un sourire approximatif dans la liste de ses amabilités :

— Messieurs dames, bonjour. Je peux vous aider ?

Le caméléon chauve lui balança un regard glacé et montra l'insigne figurant sur la poche intérieure de sa veste :

— Nous vérifions simplement les cartes de ces messieurs dames.

Vu l'âge du client qui devait voguer entre les quatre-vingt-cinq et les quatre-vingt-dix, il y avait peu de chances d'envisager un sans-faute pour les instances de la santé publique ! Lou tenta de se souvenir de leur commande pour calculer les pénalités du menu. Asperges aux cèpes, pintade braisée aux carottes nouvelles ? Impossible. Elle pataugeait. Elle qui jadis était capable de réciter vingt-cinq commandes sans reprendre son souffle !

— Vous vous acquittez sans doute des vérifications comme il se doit, madame, mais parfois les serveurs sont négligents.

C'était le chauve qui parlait, petit gabarit adipeux et amorti, en approche peu flamboyante de la soixantaine, mais à coup sûr le chef du couple. Le trans, lui·elle, n'avait pas trente ans et ne paraissait pas enchanté·e d'être là.

Le léger brouhaha de la salle avait baissé d'un ton, Lou sentait les regards des derniers clients lui chauffer la peau.

Le chauve rendit sa carte de sécu au vieux monsieur en hochant la tête.

— Ça va pour vous, monsieur, merci.

Ouf ! Le pire était passé, c'était le vieux que visaient ces salopards, pas de doute ! La sécu ponctionnait avec entrain les cartes de ces assurés qui coûtaient beaucoup et rapportaient peu, et au-delà d'un certain âge – et en deçà de quatre-vingt-dix ans, où l'on était libéré des contraintes alimentaires –, il valait mieux s'inventer ascète si on voulait éviter les ennuis. Mais cette fois, les contrôleurs étaient tombés sur un de ces vieux en bon état qui ingurgitaient tout ce qui leur plaisait en se foutant des aléas de leur espérance de vie, et qui duraient encore et encore, aussi longtemps que les impôts, aussi longtemps que la bêtise sur la terre comme au ciel.

Le chauve attendait l'application sécu-mutuelle

de la fille, une pulpeuse à peau de bébé, la trentaine, cheveux châtains traversés d'une mèche rouge. Elle avait mangé aux trois quarts son dessert, une tarte fine aux abricots, c'était de saison, sauf que ce classique avait une légèreté trompeuse, en apparence comme en bouche. La pâte, les œufs, la crème et le sucre de l'appareil qui nappait les fruits, ça faisait beaucoup. C'était ce qu'avait l'air de penser le petit gros en regardant l'écran braqué sur les restes de la pâtisserie.

Lou se perdait dans ses calculs, inquiète de voir la nénette se taper la tremblote en montrant son écran, et pour cause :

— Un seul point sur votre sécu ! triompha le chauve, ça ne paraît pas calmer vos appétits, dites-moi !

Merde ! *Sous l'apparence, le diable.* Lou se demanda où cette bien roulée avait perdu dix-neuf points, dans quels excès, quelles désobéissances ou quels problèmes de santé mal surveillés.

Le gars reluquait la délinquante avec un rictus un poil dégoûté :

— Manquer de prudence avec une carte de santé aussi indigente ? Vous vous rendez compte qu'après une *terrine des collines*, un *bœuf forestière* et la tarte, vous perdez toutes prestations sociales pour les dix-huit prochains mois ?

Lou, prise de rage, revoyait Nour refusée aux urgences pour sécurité sociale invalidée, alors qu'elle claquait des dents de fièvre en se tordant de douleur, victime d'une péritonite aiguë. Lou avait fini par trouver un toubib, mais le cœur de la malade avait lâché avant qu'elles parviennent jusqu'à lui. Nour morte à trente-six ans d'une septicémie parce que, six mois plus tôt, une loi avait supprimé aux fumeurs tout droit aux services de santé. *Les citoyens doivent se montrer responsables*, martelaient les gouvernements successifs, *plus personne ne veut payer pour les inconséquences des autres. C'est un devoir obligatoire désormais de prendre soin de soi.* Nour liquidée pour n'avoir pas respecté les règlements, condamnée à mort comme des milliers de malades chaque année par un pouvoir qui abrutissait un pays entier en s'accaparant ce que les individus avaient de plus intime : leurs appétits, leurs goûts, leurs souvenirs de bonheurs partagés. Nour tuée non pas par le tabac qui l'accompagnait depuis ses quinze ans ni par sa gourmandise de grande créatrice culinaire, mais par ses chasseurs de prime : les règlements.

Le père regardait sa fille avec incrédulité. Il se tourmentait tout à coup. Il croyait connaître sa progéniture, sage, mesurée, et voilà qu'il la découvrait délinquante. Que lui avait-elle caché ? Une maladie chronique ne pardonnant aucun écart ? Une addiction au tabac, au sucre, aux lipides ? Il en était effaré.

Le chauve fit un signe de tête au trans qui pria la fille de le·a suivre, ils s'installèrent l'un en face de l'autre à la table que les deux caméléons avaient occupée, le père resta ahuri sur sa chaise et le chauve sortit brutalement Lou de ses pensées.

— Vous ne vérifiez pas la situation de vos clients, madame ?

— La plupart du temps, si !

Elle n'y croyait pas, et ça se voyait. Trop occupée à ne pas s'énerver, elle n'arrivait pas à mettre le ton :

— Il peut y avoir quelques oublis.

— Nous nous contenterons d'un premier avertissement. On est gentils. Une amende. Pas grand-chose. La recette d'aujourd'hui.

La recette ? Lou était incapable de faire le calcul, mais c'était plié. Elle n'arrivait déjà pas à rattraper son découvert, la banque allait la déclarer insolvable.

— On reste gentils, vous voyez ! La prochaine fois, on ferme l'établissement une semaine. On ne peut pas tout le temps rigoler non plus.

Il tourna les talons et rejoignit le trans et la fille. Lou resta plantée là. Le vieux, prostré sur sa chaise, la regardait d'un air suppliant :

— Je suis vraiment désolé, ce n'est pas votre faute.

Elle s'assit à la table en face de lui, fit glisser son assiette vers elle.

— Et vous, vous ne finissez même pas vos cheveux d'ange !

Elle inspira, se concentra sur les effluves qui montaient des restes du dessert et resta immobile au-dessus de l'assiette, les yeux fixes, laissant venir le calme, disparaître la fatigue, s'emplissant du parfum de la crème à la rose, un baume sur tous les emmerdements présents et futurs. Brièvement, Nour n'était plus tout à fait morte. Ses créations duraient, spectacle, texture, parfum, goût. Tout.

Lou cueillit une première cuillerée, le silence de la crème nacrée, la légèreté des vermicelles qui pétillèrent aussitôt dans sa bouche, c'était infernal, Nour, fière d'elle, appréciait autant qu'elle, rien d'autre n'avait d'importance.

— Vous savez ce que je déteste par-dessus tout ?

Le vieux souriait, gêné, attendant la suite.

— Bouffer une pizza dégueulasse dans le sous-sol d'un parking en remplissant des papiers de sécu !

Revenue au comptoir près de la caisse, Lou calcula les indices de tous les plats, en prenant une marge pour ne rien risquer, changea les paramètres des écrans des serveurs. À défaut de scans de la carte de sécu, toute commande trop lourde serait bloquée. Une perte de temps qui allait rendre le travail plus compliqué, tant pis.

Elle était en train de se faire un café quand elle vit le chauve traverser la salle à manger pratiquement déserte pour se diriger vers les toilettes. Elle attendit qu'il franchisse la porte, scruta sa montre pour laisser passer deux minutes et fila.

Quand elle entra dans les toilettes, le type avait quitté la pissotière pour le lavabo où, ployé vers le filet d'eau du robinet, il voulait peut-être se rincer la bouche, va savoir. En tout cas, le brave y mettait du sien, à croire qu'il l'attendait en lui tendant son postérieur. Il n'avait pas encore entamé son gargarisme qu'un lien électronique lui avait attaché les deux poings dans le dos, elle agissait si vite qu'il n'avait pas eu le temps de se demander ce qui lui arrivait, un lien plus grand lui passait déjà sous la poitrine, capturant ses bras à hauteur des coudes. Maintenant qu'il était bien ficelé, elle lui plaqua les cuisses de tout son poids contre le lave-mains. Collée à lui, écran au front, faisant bien deux têtes de plus que lui, elle bénéficiait d'une formidable contre-plongée sur la séquence en vue de son enregistrement. Fermement maintenu au lavabo, le type ne pouvait pas bouger d'un pouce, il n'était pas de taille, c'était le cas de le dire. Elle lui dégrafa la braguette, abaissa slip et pantalon, sortit de dessous ses bourrelets un tire-bouchon tout chaud et tout plissé guère plus gros qu'un bonbon, au bout duquel traînassait une goutte d'urine qui partit mourir entre ses doigts. Elle voyait la tronche atterrée du chauve dans le miroir, la trouille semblait lui enlever le peu de forces qu'il avait, ce n'était pas un adepte de sport et encore moins de combat, et, à se voir gigoter inutilement dans le miroir, bedaine au premier plan, peau verdâtre sous les poils épars, il ne semblait pas très fier de lui, ce qu'elle pouvait comprendre. Elle l'encouragea à prendre de l'élan en travaillant son petit attribut, lui susurrant qu'il était un gentil garçon se souvenant des parties de touche-pipi dans les toilettes avec les garçons de son âge, et lui qui aimait tant les gros nénés, ça faisait longtemps... *Hum! c'est bon de téter les gros nénés de maman.* Le bonbon commençait à tourner sucre d'orge puis se raidit d'un coup quand elle lui fourra entre les fesses un sex toy à peine plus gros qu'un tube de rouge à lèvres. Elle parvint à maintenir le minuscule engin du haut de sa cuisse, l'enculant doucement par petits à-coups, il se mit à gémir, les yeux en roulement à billes, il ne savait plus où était le prépuce de son zizi qui bandait désormais comme un grand, Lou avait libéré sa main gauche pour lui pincer les tétons, passant de l'un à l'autre de plus en plus vite, lui remontant la poitrine pour le faire pigeonner du décolleté, *oh mais on en a plein les mains de ces gros nichons à maman* ! Désormais, elle le manœuvrait sans plus de résistance, c'était un bon garçon, elle n'eut pas trop à se fatiguer, il gicla trois quatre coups comme un lave-glace méchamment entartré, et elle l'abandonna pour récupérer l'écran fixé à son front qu'elle tapota illico.

— Une copie du petit court métrage en lieu sûr déplairait aux petits-enfants, hein, mon chéri ? Ou bien tu remonterais peut-être dans leur estime, va savoir ?

Elle lui détacha les bras, puis les poignets, il remonta piteusement son pantalon, il aurait pu se ruer sur elle, livrer bataille après coup, mais il était vidé, et pas seulement par son petit robinet. Vaincu. Peut-être même sur les chemins de la dépression. Elle prit sa carte dans la poche arrière de son pantalon.

— Roland Pithiviers. Un nom de gâteau en plus, comme c'est mignon. Maintenant, tu oublies l'amende, OK ? T'es jamais venu ici, ton collègue n'a pas l'air si motivé, tu devrais pouvoir t'en débrouiller, tu n'es jamais venu ici, tu m'entends, jamais ! Tu m'oublies moi, le vieux, la fille à la mèche rouge, tout ! Sinon, la séquence passe sur le fil et elle va se multiplier vite, très vite. Je pense même que tu peux envisager un succès international !

Une mère de trois enfants s'est retrouvée dans un coma aggravé en franchissant les contrôles de l'aéroport de Bordeaux-Mérignac…

La Janvier, qui adorait les faits divers de cette sorte, se taisait, intéressée.

… *Afin de ne pas donner de mauvaises idées aux trafiquants et de ne pas faire de publicité au produit interdit, la police refuse d'indiquer quel aliment cette femme de trente-cinq ans avait ingurgité sous une poche étanche qui s'est rompue dans son estomac.*

Ferdinand avait enclenché l'écran d'infos dès qu'il était entré dans l'électrique pour contrer les bavardages de sa cheffe qu'il n'était pas d'humeur à supporter ce matin-là. Il avait passé la nuit à se tourner et retourner comme un poisson sur le sable, obsédé par l'idée de quitter son nouveau job et incapable de prendre la décision. L'insomnie étant le plus court chemin pour se mettre à jouer fébrilement sur n'importe quelle application, il s'était réfugié dans un bouquin. *La lune / c'est / Hamlet / descendant / à moto / une route obscure.* Mais Brautigan n'ayant rien du somnifère, Ferdinand avait veillé avec lui jusqu'au jour.

La Janvier coupa l'écran :

— Risquer sa peau en avalant des trucs pour les vomir sur commande, faut du courage ! On comprend à quel point la gourmandise est un péché capital. Luxure et gourmandise, c'est du pareil au même. Tout commence par là : le fruit défendu. Oh ! pardon, Pierraud ! Je ne voulais pas insister sur vos petites faiblesses, nous en avons tous. Mais rassurez-moi, vous êtes comme moi, vous mangez à tous les râteliers ?

— Tous !

— Ah ! tant mieux ! Moi je n'en peux plus de toutes ces religions alimentaires !! Les animalistes, ça a toujours été la bête noire de mon père. Pour lui, la part sacrée de l'individu, ce n'est pas la bête, mais celle qui permet de s'élever au- dessus de la bête. Comme ma mère a toujours trois chats et deux chiens à qui elle témoigne beaucoup plus d'affection qu'à moi, ce n'est pas évident ! Eh bien, croyez-moi, ça n'a jamais dégénéré. *Restons laïcs à table*, a toujours dit mon père. *Je suis végétarienne, mais pas pratiquante*, répète ma mère, et ils mangent de tout ! En revanche, ma tante, plus animaliste que les animaux eux-mêmes, vivait seule avec ses deux chiens à qui elle racontait tout, leur demandant leur avis sur tout. Ils mangeaient vegan comme elle, faisaient tout comme elle. Quand elle s'est mise à militer avec les antispécistes, mon père a cessé de la voir, et il ne l'a pas beaucoup regrettée quand elle est morte noyée en Bretagne pendant que ses chiens se faisaient bronzer sur sa serviette. On a retrouvé son crâne deux mois plus tard, elle avait été entièrement becquetée par les poissons, alors, moi je dis, y a pas de justice, et si Dieu existe, je suis contre ! Voilà ! Chacun a le droit à sa liberté d'assiette ! Il faut foutre la paix aux autres ! Vous n'êtes pas intégriste de je-ne-sais-quoi, vous, hein ?

— Athée et omnivore !

Il n'avait jamais eu la moindre sympathie pour une quelconque confession alimentaire. Il avait trop vu sa mère suivre obsessionnellement toutes sortes de régimes au fil du temps. Protéiné, sans sucre, macrobiotique, végétarien, végétalien, sans gluten. Sa marotte bouffait toutes les conversations, chaque repas était une épreuve, tout ça pour partir d'un cancer du cerveau sans profiter de sa retraite ni de la majorité de son fils unique.

— Gourmand, alors ?

Il hocha la tête en souriant aussi bêtement que sur une photo d'identité. Il n'osait pas dire qu'il était plutôt porté sur la nourriture de cosmonaute, le *tout prêt* en barquettes recyclables alternativement à boire ou à mâcher, chaud ou froid selon l'occasion. Avec sa provision de jus de fruits vitaminés et protéinés, il pouvait tenir un siège. À Paris, la plupart du temps, il avalait vite fait des flacons de nutriments concentrés. Au moins, personne pour l'embêter, tout était contrôlé au-delà du réglementaire. Rien pour nuire à sa santé ni à celle de la planète. Un minimum de coût carbone. Côté emballages, de l'entièrement recyclable ou consigné, côté contenu, du bio certifié, équilibré diététiquement, sans risques hygiéniques. Au restaurant, qu'il fréquentait peu, il était plutôt barbaque. La verdure n'était absolument pas son truc. Plus à l'aise sur une dalle piétonne avec sculptures en résine que dans une forêt ou dans un pré, il préférait aussi aux salades, côtes de blettes, navets et autres trucs à cellulose le pata negra, le gigot de sept heures, le tartare de charolais ou le filet mignon vin blanc - moutarde.

— Bon, c'est bien. Je vous ferai connaître les bonnes tables du coin. Il y en a un paquet. Je crois qu'ici on détient le record.

Il se voyait déjà pris au piège de menus dégustation à n'en plus finir, il lui restait encore quelques jours pour dire qu'il renonçait au poste, fallait qu'il se magne. Il n'avait mangé avec l'emmerdeuse qu'une seule fois, et ç'avait été redoutable. Elle s'empiffrait, fourrant avec voracité les aliments entre ses lèvres maculées de gras, une vraie goinfre.

— Pour votre première inspection, ce sera du gâteau. Le domaine *La dive bouteille* : deux vignerons qui font eux-mêmes leur vinification et sortent un rouge bio pas mal du tout. Mais étant donné la surproduction de pinard et la baisse des prix, leur clandé doit leur rapporter plus que la vigne. Ils n'ouvrent que sur réservation un estanco bien fréquenté, plutôt bien tenu.

Estanco faisait province siècle dernier. Ferdinand se garda de faire un commentaire sur ce choix de vocabulaire, s'autorisant tout de même un étonnement de bon aloi :

— Vous ne verbalisez pas les *spikis*[1] ?

— Hé ho, Ferdinand, vous allez pas me parler pointu !

Il laissa filer un petit rire, surpris du côté Pagnol de sa remarque piquée d'ail où chantait l'époque des marchés de Provence bien loin des zones commerciales d'une région qui détenait le record par tête de pipe d'hyper, super et autres grandes surfaces.

— Pointu ?

— Spiki, spiki, vous vous y croyez, les Parigots ! Attention, Pierraud, il va falloir vous adapter. Ici, on ne se prend pas pour des *Incorruptibles*, on n'est pas en Amérique il y a cent vingt ans, à radoter des trucs d'intellos qui se la racontent. On n'est pas à Chicago après la guerre de 14, on parle facilement partout, on est à l'écoute de tout le monde, on est une sorte de maison de tolérance ! On calme le jeu, on incite à la prudence, on limite les dégâts. Chez nous, vous vous rendez compte, nous n'avons d'industrie que l'agroalimentaire. On ne va pas chasser les vacanciers qui choisissent notre région bénie des dieux parce qu'il y fait encore bon vivre. Le tourisme a augmenté de 30 % en cinq ans parce qu'il y a autant de restaus, de cultures et d'élevages clandestins ici que dans l'ensemble du territoire français. Si vous supprimez la bouffe interdite ici, vous mettez au chômage les trois quarts de la population, c'est illico le sous-développement, autant dire les manifs,

1. De *speakeasy*, bar illicite au temps de la prohibition américaine dans les années 1920-1930…

les routes coupées et les voitures en feu ! Personne n'est pour, même vous, je suis sûre. Vous le savez bien, on part aujourd'hui en vacances pour bien manger comme nos grands-parents autrefois pour bronzer. À l'époque, ils se chopaient le cancer de la peau, aujourd'hui, ils s'encombrent la circulation du sang, mais, en attendant qu'on nous aménage une autre planète, il faut bien trouver une manière de sélection naturelle limitant la surpopulation. À Paris, c'est kif-kif, ne me dites pas le contraire, toutes les huiles se sucrent au passage, se tapent des agapes clandestines à la barbe du populo.

— On y met les formes, quand même !

— Oh ! je sens que vous aimez les formes... Sensuel avec ça, hein ?

Il eut l'impression de bouillir sous son chapeau. Les filles agressives sexuellement ne lui réussissaient décidément pas.

— On fait de la prévention, Pierraud, de la prévention !

Il essayait d'améliorer sa ventilation en restant sur le sujet strictement professionnel :

— On surveille vaguement, en somme ?

— Pas vaguement ! *À échelle humaine*. On traite les individus sans mépris, sans préjugés. On cherche à les comprendre. Je sais, c'est pas évident à envisager pour un Parigot !

Elle commençait à le gaver avec ces trucs de Parigot, elle n'avait pas encore dit *tête de veau*, mais il l'entendait.

— Ne vous en faites pas, on va vous faciliter la

tâche, je suis certaine que vous ne voudrez bientôt plus nous quitter.

Elle était exaspérante en coach rassurante, maternante, étouffante. Elle avait beau friser les quarante-cinq ans, donc le précéder de cinq ans et des poussières, il ne pouvait pas la laisser longtemps le traiter comme un nouveau-né.

— La première visite à laquelle vous allez participer sera très parlante, vous verrez. Nos deux loustics, un Corse, un Italien, n'ont jamais provoqué d'intoxications. Discrets, bien intégrés dans le coin, ils connaissent tout le monde, et il n'est pas question de faire des vagues. Leur agaperie est un modèle, et nous sommes là pour encourager les gens raisonnables !

Raisonnable était en effet la maison, sans doute construite dans les années 90 à côté d'une imposante bâtisse en pierre au toit recouvert de panneaux solaires et clamant sur sa façade : *La dive bouteille*. Les bâtiments étaient entourés de vignes, un parc très architecturé jouxtait sur la droite l'habitation, en réalité un de ces potagers à la mode, en permaculture, comme on disait quand il était petit, où il apercevait un type perché sur une échelle cueillant il ne savait quoi dans une sorte de pergola.

La Janvier gicla de la voiture dès qu'elle fut garée pour se diriger de son pas très merkélien vers le grand bâtiment et Ferdinand la suivit en courant sous le soleil qui tapait droit.

Il entra juste après elle dans l'odeur écœurante – moût et pinard – d'une petite pièce au sol de terre battue avec un comptoir de dégustation où s'alignaient des bouteilles de rouge entamées, sagement bouchées de liège. Il faisait frais. Ferdinand, soulagé d'ôter enfin son chapeau, lut l'inscription géante qui confirmait un amour pour Rabelais déjà annoncé par le nom du domaine : *Qui boit du vin aura la conscience tranquille et l'esprit paisible jusqu'au crépuscule, et ainsi jour après jour et derechef. Et le vin vous donnera pisse saine et rose, veloutée comme bois de cerf. Alors que les buveurs d'eau l'auront brouillée et soufrée. Et le vin vous donnera une verge puissante et belle, que vous brandirez à volonté et observerez avec contentement, alors que les buveurs d'eau l'auront pleine de bulles et de hoquets. Et le vin vous mettra la gaieté aux lèvres mais qui boit de l'eau en périra sans joie.*

La paillardise du grand bâfreur national redonna à Ferdinand un peu de bonne humeur. Rabelais avait sacrément raison : d'autres temps, d'autres joies. L'eau apportait à son époque choléra et toutes sortes de maladies fort éloignées des soucis cardio-vasculaires du troisième millénaire, pas étonnant qu'on dise encore *santé !* en brandissant son verre de vin pour trinquer. Cette vérité n'avait pas échappé à son père, mort à trente-deux ans dans un delirium tremens, et avec lequel il n'avait jamais eu l'occasion de prendre un pot.

Une porte s'ouvrit brusquement sur un type très brun et tout essoufflé :

— Bonjour, capitaine !

— Salut Jean-Baptiste ! Le mari n'est pas là ?

Le Corse n'était pas dans son assiette, ils

arrivaient au mauvais moment, mais la Janvier s'en foutait, elle faisait les présentations : Leonardo, qui s'occupait d'habitude de la dégustation et des ventes, était en Italie dans sa famille, Jean-Baptiste, lui, travaillait plutôt les vignes.

Derrière le comptoir, le gars avait repris son souffle et se frottait les mains, sans réussir à faire croire que c'était de contentement.

— Je vous fais goûter le 2032 ? C'est notre meilleure cuvée !

— Oh, mais je ne sais pas si notre petit nouveau est autorisé à boire du vin. Vous vous rendez compte, pas de bol, jamais entendu un truc pareil : il est allergique aux fruits ! Or, le vin, hein, c'est du jus de fruits !

Ferdinand avait entendu des centaines de fois cette blague à la noix, et ce n'était pas en faveur de ceux qui croyaient à chaque fois en sortir une bien bonne. Il ne trouva pas la réplique qui lui aurait cloué le bec une fois pour toutes et se contenta de grimacer un sourire qui lui fit mal aux joues :

— Pour l'alcool, ça va merci, même de la vieille prune, vous pouvez y aller.

— Bon, tout espoir n'est pas perdu, fit la Janvier en reniflant son verre. On vient pour une visite de routine, JB, histoire de montrer à notre petit nouveau comment ça se passe chez nous.

Ferdinand laissa passer le *petit* qui l'ulcérait, et but le vin à petites gorgées. Pas si mal. Un nez robuste en cerise, et, au goût, derrière les tanins, pas une longueur olympique, mais tout de même de quoi faire un joli saut. Le pinard était effectivement un atout de la région, il fallait être beau joueur et le reconnaître.

La Janvier fit un signe à Jean-Baptiste.

— Vous emmenez le nouveau en bas. Il fera deux ou trois mesures, il faut bien qu'il apprenne !

— Ça ne m'arrange pas, capitaine, miaula le Corse, pas du tout, pas aujourd'hui, Leonardo n'est pas là et…

— Allez, allez ! Je sais bien que vous êtes plutôt aux champs qu'aux fourneaux d'habitude, mais pas d'importance ! Ne jouez pas les récalcitrants, s'il vous plaît, c'est pas le moment, je veux montrer au Parigot qu'ici nous travaillons dans l'harmonie !

Le gars, décidément dans ses petits souliers et donc incapable de courir aux trousses d'une idée susceptible de la faire changer d'avis, s'exécuta.

La cave voûtée, de la dimension du bâtiment, était rythmée par des arches et des piliers. Une trentaine de tables pour une bonne centaine de couverts entouraient une cuisine électronique superéquipée. Les parfums de viande en sauce se précisaient.

— Une blanquette de veau ?

— Du poulet à la crème.

Le type mentait. L'odorat de Ferdinand ne s'y trompait pas. La reconnaissance olfactive avait été le point fort de sa formation et lui avait valu un premier prix qui avait compensé ses notes déplorables en droit alimentaire. Du veau cuisiné sous toutes ses formes, il en avait reniflé et dégusté à plusieurs reprises dans les exercices pratiques qu'on leur prodiguait. Le veau était interdit de vente chez les bouchers depuis une bonne dizaine d'années, et les dérogations étaient très difficiles à obtenir. Des abattages étaient parfois autorisés pour le rééquilibrage d'un cheptel, essentiellement destiné à sauvegarder la diversité des espèces. Les instances présidentielles, diplomatiques, quelques restaurants gastronomiques de renommée internationale détenteurs de la licence complète en cuisinaient encore. Mais osso-buco, paupiettes et autres saltimboccas se payaient plus cher que le caviar. Vu la taille de la marmite qui trônait au milieu de l'espace cuisson, une sacrée fortune était en train d'embaumer la cave, et l'exécution capitale du mignon petit de vache qui avait fini blanquette tenait forcément de la combine. Des campagnes retentissantes contre les meurtres de bébés d'animaux avaient réussi leur coup, vantant l'intelligence du veau et sa touchante amabilité, et il était désormais bien pire de manger du veau que du bœuf, de l'agneau que du mouton. Les omnivores ne voyaient plus escalopes milanaises et *vitello tonnato* honorer leurs assiettes. Sur Internet, on trouvait profusion de films, de photos, de dessins qui magnifiaient les grands yeux emplis de belle naïveté du jeune bovin, ses longs cils de star, sa toison soyeuse, ses fines guibolles de faon. L'adorable animal avait définitivement déserté les livres de cuisine quand une série d'animation danoise avait connu un succès fou en Europe dans les années 2030. Le veau avait dès lors été transformé en héros de l'Europe faible et amollie. Ce choix emblématique faisait bizarrement écho aux fameux mots de De Gaulle un siècle plus tôt à propos des Français au moment de la signature de l'armistice entre la France de Pétain et l'Allemagne : *Ce sont des veaux. Ils sont bons pour le massacre. Ils n'ont que ce qu'ils méritent.*

Ferdinand s'approcha du faitout électrique et se pencha. De la sauce pâle et figée surgissait un archipel de petites îles, viande, carottes et champignons, dont les arômes lui torturaient l'appétit. Il avait l'impression que de la flotte allait lui gicler de la bouche, ce qui n'était pas charitable pour l'animal.

Pendant que Ferdinand plaçait l'application de contrôle au-dessus du panorama d'exception de la marmite pour analyser la mixture, le Corse argumentait :

— Nous n'avons pas cuisiné de veau depuis des mois, mais là, c'était une occasion, le capitaine Janvier sait bien qu'il faut de temps à autre…

Ferdinand était assailli de mauvaises pensées. La nostalgie, qui de tous les péchés n'est pas le moindre, l'emporta vers ses vacances en Bourgogne dans les années 2010 chez sa grand-mère, une soixante-huitarde à moustaches qui savait mieux que personne faire parler ses marmites. Il se retrouva transporté à dos de parfum dans la petite cuisine bordélique saturée d'arômes, mélange à mettre sous capsule et à envoyer dans l'espace pour preuve de l'existence sur Terre de bipèdes à QI. Autour de lui, les effluves de blanquette dansaient amoureusement avec ceux de la tarte aux pommes à la cannelle et de la frisée à l'ail, et les vitres ruisselantes qui les protégeaient de l'hiver bourguignon devaient avoir bon goût. Les yeux plissés de plaisir, il se délectait de la viande fondante exhalant tous ses sucs, des champignons encore alertes sous la dent, des carottes saoulées de sauce, puis, avec un quignon de baguette croustillante à la mie très blanche, il sauçait son assiette jusqu'à la dernière goutte… Saucer !! Mot chavirant pour un geste scandaleux qui évoquait le péché et le stupre, sonnait salace et cochon, laissait imaginer mouillures, bruits de bouche et grognements de jouissance, transbahutait surplus de cholestérol et embouteillages des artères. Il libérait de la chair, donc de l'assassinat, du produit laitier, donc du vol à la part divine du vivant : l'animale. *Saucer* gueulait l'excès en tout. Trop gras, trop protéiné, trop consistant. Pourtant mots et parfums le prenaient, le comblaient, lui en foutaient plein la bouche, le mettaient au bord d'un orgasme premier choix. Lui qui n'était plus du tout gourmet revenait à ces gourmandises d'enfant, piégé par un passé qu'il croyait avoir totalement oublié… Il sursauta en entendant la voix tonitruante d'Anna qui débarquait. Il fallait qu'elle mette son grain de sel partout, rien à faire.

— Je suis sûre qu'il vous embête, hein, JB ? Normal de faire du zèle au début, n'est-ce pas, Pierraud ?

Elle lui prit l'application des mains, la lui rendit aussitôt.

— Une blanquette de veau, vous ne vous refusez rien, dites-moi !

Le Corse avait l'air du gamin pris en faute, mais qui ne trouve pas si grave sa désobéissance.

— Moi qui disais tellement de bien de vous dans la voiture, vous n'allez pas me faire mentir ? Vous savez qu'on n'est pas regardants, mais tout de même, il faut que tout le monde y mette du sien. Remarquez, ça tombe bien, j'ai justement un service à vous demander.

Ferdinand ne quittait pas des yeux son écran. L'analyse indiquait *blanquette de veau*, notait généreusement la qualité du plat et de ses ingrédients, mais quelque chose clochait. L'application ramait dans sa recherche d'une bizarrerie qu'elle ne parvenait pas à définir, et pendant que l'écran faisait clignoter un point d'interrogation, il remarqua des traces de gras au pied du grand faitout. Bien tenue, l'agaperie, avait prétendu la Janvier ? Elle poussait un peu. Il s'accroupit, découvrit un bout de carotte coincé derrière le socle, puis deux autres, une feuille de laurier et une petite flaque de sauce blanche. Partout, des taches de gras brillaient dans la pénombre des appareillages et traçaient une sorte de tableau d'abstraction lyrique.

En contournant l'espace de cuisson, il suivit les traces d'essuyures sur plusieurs mètres, abandonnant la Janvier qui continuait son baratin stratégique :

— Je suis embêtée parce qu'on a une saisie de foie gras sur les bras, et vous connaissez mon principe, *ne pas jeter, redistribuer*. Vous pourriez nous faire un festin pour les nécessiteux, ils ne manquent pas en ce moment : pauvres, vieux, réfugiés mériteraient de célébrer le retour de l'été avec un vrai banquet. Ce serait l'occasion ou jamais pour vous de récolter quelques points d'avance, ça sert toujours, et puis les bonnes actions apportent de belles satisfactions. Le partage serait équitable : vous donnez votre temps, vous prêtez vos lieux, et je vous fournis la marchandise. Nous avons au congélateur des pommes de terre à la crème entière qu'un groupement médical nous a obligés à récupérer chez le principal fournisseur des hôpitaux. Ils vont se régaler, nos démunis, vous ne croyez pas ?

Sans prêter attention à son discours, Ferdinand avait renoncé à contempler les points d'interrogation de son application et inspectait les lieux de son regard de lynx, il allait falloir que la Janvier s'y fasse.

Il ouvrit la porte de la chambre froide. La fraîcheur tonique, les parfums vigoureux et propres lui procurèrent aussitôt un soulagement bienvenu. L'endroit était très bien rangé, spacieux appartement avec différentes pièces dont les températures variaient selon les denrées : les fruits, les laitages. Côté viandes, des moutons entiers et autres quarts de bœuf pendaient aux crochets, propres et nets, magnifiques entrelacs rouge et blanc, muscles pourpres sertis de colliers de gras immaculé. Puis derrière un cul de cochon callipyge au joli derme rose, une forme plus allongée, barbaque d'une pâleur froide et lisse dépourvue de sang, peau livide et bleutée que Ferdinand prit pour celle d'un grand poisson, peut-être un de ces mammifères marins sans écailles, lointains ancêtres des hommes, comme eux de sang chaud et à température constante, mettant au monde et allaitant des petits qui leur ressemblaient. Mais, après avoir poussé les fesses porcines qui lui masquaient la vue, il leva les yeux vers un spectacle qu'il eut aussitôt des difficultés à trouver raisonnable : un grand type nu était pendu par les pieds, rouquin à poil qui n'en avait d'ailleurs pas beaucoup. Le torse était glabre et quelques frisures flamboyaient au sexe, lequel pendouillait, tout rétracté dans ses plissures, et chapeauté de ses deux couilles plus foncées. Le minuscule robinet pointait vers le sol comme pour désigner son seul futur possible. Les mains liées étaient attachées au ventre ficelé tel un rôti, détail qui donnait à l'installation hyperréaliste un air prêt à cuisiner qui ne mettait pas en appétit.

Tout le haut du corps était d'un rose de jambon cuit, peau détachée de la chair aux épaules et au visage. Les mains, bouillies elles aussi, semblaient une spécialité charcutière pour moitié chipolatas, et Ferdinand aurait sans doute appelé sa mère si le moindre son avait daigné lui sortir de la bouche. Suant brusquement comme dans un bain turc, il se sentit partir en apesanteur extraterrestre. Du fil de fer barbelé lui déchirait l'estomac à chaque inspiration, et il reconnut le cri du ventre qui l'avait pris dans la cour du lycée Turgot alors qu'à seize ans il courait dans la foule pour éviter les balles du timbré de dix-huit ans qui leur tirait dessus. Ferdinand cavalait, le cœur dans la bouche, au milieu de filles dont il avait reluqué les nénés sous leur pull, de gars dont il connaissait les parents, les frères, les sœurs, de copains avec qui il avait pris ses premières cuites devant des matches de foot. Bêtes de foire visées par un fusil, ils couraient tous comme des dingues à la recherche d'un abri en hurlant dans la pétarade, puis d'un coup giclaient rouge avant de s'effondrer. Vingt et un morts, l'Amérique refilant ses sauvageries les plus timbrées à l'Europe, et Gloria pliée en deux sur la barrière du lycée, tuée net dans sa fuite, Gloria dont il gardait le goût de la bouche dans la sienne, fraise mûre et sucrée dont ses lèvres ne s'approcheraient plus, Gloria en poupée de chiffon stoppée en haut de la barrière, Gloria dont tout était fini, la chaleur, le rire, l'intelligence, Gloria morte, et avec elle le soleil, la gourmandise, et tous les fruits à croquer qui ne rencontreraient plus ses dents. Ferdinand eut le temps de penser que la brigade post-traumatique avait bien mal nettoyé ses blessures et il entendit au loin la Janvier rouler des mécaniques :

— Oh, Pierraud ! Putain, mais ça caille là-dedans ! Qu'est-ce que vous foutez ? Vous essayez d'attraper une pneumonie ? Dans ce cas, je vous fous à l'amende pour délit de fuite.

Dans un balancement incontrôlé, Ferdinand Pierraud trébucha sur le long corps glacé, la joue collée à une fesse, et, traversé par une vision atroce de boudins aux oignons, bouche ouverte, yeux révulsés, il tomba dans les pommes, ce qui, vu son intolérance notoire, n'était pas la meilleure des idées.

Oreste montait la sauce au jasmin dans le bain-marie et Lou eut peur de comprendre :

— Jérôme n'est pas là ?

— J'ai appelé, il ne répond pas.

— C'est pas vrai ! Qu'est-ce qu'il fout ?

Jérôme absent après trois jours de congé, c'était le pompon.

— Je pense qu'il va arriver, murmura Oreste.

En fixant la crème qui bouillottait, Lou eut un mauvais pressentiment, l'été s'entêtait décidément à lui faire la gueule. Elle tourna les talons, disant sa façon de penser à son écran :

— Jérôme, bon sang, je suppose que si tu n'avais pas l'intention de venir aujourd'hui, tu me l'aurais fait savoir. Pour l'instant, je suis très calme, tu ferais bien d'en profiter, on vient de me retirer ma patience, et sans anesthésie !

Au milieu du service du soir, Lou put constater que la journée s'était déroulée sans accroc, Oreste avait été très efficace. Pas aussi doué que Nour ou

Jérôme, il serait un second parfait pour Jérôme, lorsque Lou lui passerait la main, si un jour elle trouvait le courage de ne rien faire, ce qui lui semblait la plus exigeante des ambitions.

Alors qu'elle parsemait des éclats de pistaches sur deux mousses aux fruits de la passion et leur biscuit au sel grillé, l'écran vibra sur *un client pour le patron* qui annonçait les emmerdements, et elle sentit la fatigue s'abattre sur elle et la prendre dans sa nasse. Elle arracha sa charlotte et se débarrassa de sa blouse avec une envie féroce de s'envoyer une bonne lampée de cognac. Eau-de-vie, l'appellation ne s'y trompait pas. Se faire lécher jusqu'au ventre par la langue brûlante. Elle faillit passer par le bar et se ressaisit, furieuse de se priver encore, n'en pouvant plus du deuil qu'elle s'infligeait depuis plus d'un an. Il aurait été si simple de se laisser faire, de respirer et se déployer, royale, mais sa salive restait du plâtre dans sa gorge. Elle se fourra dans la bouche un palet de chocolat 100 % cacao de Saint-Domingue, un truc de camé préparé par Bao, aussi âpre que de la cocaïne et fila vers la salle à manger en tentant une série de respirations ventrales soi-disant apaisantes pour l'esprit.

Le râleur qui souhaitait se plaindre en haut lieu avait au visage des rougeurs de betterave cuite et des petits yeux perdus dans un plissé de paupières digne d'anciens couturiers japonais. Sapé comme un mec biberonné aux grandes écoles, le genre qui croit qu'y a une élite et qu'il en fait partie !

— Madame, en face de votre *tropézienne*, votre

menu indique le dosage en sucre, mais de canne ou de betterave ?

L'aigreur du type qui lui jappait dessus correspondait bien à la bêtise de son visage éteint, et même si ce n'était pas un jour à lui marcher sur les sandales, ce con pouvait la chercher, il ne la trouverait pas, elle n'allait pas l'envoyer se faire téter les yeux par un coq :

— Monsieur, l'un et l'autre sont de même valeur calorique, chimiquement équivalents, 100 % de saccharose, et aucun règlement ne nous demande de préciser ce détail. En revanche, je peux vous assurer que notre sucre est de grande qualité.

Fallait pas pousser mémé dans les cactus, un mec pareil ne méritait pas le boulot que ça représente, une tropézienne, une vraie, pas un truc industriel à la noix ou sortant d'un cuiseur automatique, non, une vraie, brioche respirante sensible au moindre courant d'air, miracle vivant doté d'une renversante capacité d'humeurs et de ratés. Pour obtenir un pâton dru et homogène digne d'être enfourné, il fallait des doigts de fée aussi délicats et fermes dans le pétrissage que pour faire monter un sexe récalcitrant. Le troll à faciès rougeaud ne connaîtrait jamais le bonheur d'ouvrir une gousse de vanille pour la gratter dans la crème et les œufs avant de les chauffer. Il ne s'éclaterait jamais à fouetter cette pâtissière jusqu'à obtenir une légèreté à marier avec une chantilly serrée en un nuage parfumé de fleur d'oranger qui montait à la tête et durait aux naseaux. Non, le mec était incapable de jouir de telles parties de plaisir, il avait juste la voix qui portait et une tendance très crispante à brailler :

— Tout de même, vous devez indiquer la provenance des constituants de tous les produits !

Elle se demanda s'il n'était pas envoyé par une mafia décidée à lui chercher des poux dans la tête pour la taxer. On en voyait tous les jours, des escrocs de tous acabits faire chanter des établissements de bonne réputation parce qu'ils avaient trouvé un gravier dans des lentilles, un cheveu dans la soupe, un cafard dans la salade, et elle craignait que l'incident n'annonce des lendemains qui déchantent. Les temps de paix étaient peut-être révolus.

Depuis qu'elle avait vendu au groupe Desgrand le restaurant centenaire et son oliveraie de douze hectares, les contrôleurs ne mettaient plus les pieds au *Mas des collines*, alors qu'avant la vente, la brigade alimentaire était sur son dos au minimum deux fois par semaine. Le restaurant avait désormais une réputation de lieu tranquille où régnait une liberté d'une autre époque, aujourd'hui première condition du succès. Forte de ce laissez-passer permanent, Lou avait pris l'habitude de laisser pisser. Elle ne vérifiait plus les situations alimentaires de sa clientèle, ne demandait plus les permis de table et cartes de sécu, ne mesurait plus tous les plats pour les qualifier avec exactitude sur les menus. Elle avait oublié de se méfier de tout, bénéficiant du statut *4 assiettes* qu'elle n'aurait jamais obtenu seule et qui lui permettait de servir, certes sous conditions de paperasseries tracassières, de la viande rouge, certains produits laitiers au lait cru, et même du gibier en saison à ceux qui montraient leur carte de sécurité sociale munie des points suffisants et un permis de table parfaitement à jour. Le rachat lui faisait d'autre part bénéficier de la clientèle régulière haut de gamme de l'hôtel tout neuf, qui ne disposait que d'un bar avec restauration rapide et d'un service de petit déjeuner, ce qui avait contribué à sa renommée. Mais gaffe ! Elle s'était trop reposée sur ses lauriers. Le groupe Desgrand la savait endettée donc fragile et facile à dégager dès qu'ils l'auraient décidé. Elle craignait le moment où, comme tout le monde, elle n'aurait pas le choix, elle devrait obéir. À Desgrand, aux mafias, aux règlements, en réalité tous la même soupe.

— Nous sommes nombreux à déplorer les négligences que se permettent la plupart des établissements de la région. La légèreté est un vilain défaut, vous savez !

Le type se prenait pour le pape, ça puait l'homélie à deux balles, la salle avait commencé à baisser d'un ton, les clients cherchaient à savoir ce qui se passait, ils devaient calculer quels risques se planquaient dans leurs assiettes.

Que l'obsessionnel la ferme valait bien trois sucreries :

— Vous me permettrez de vous offrir dessert et café, monsieur, ce sera un plaisir.

Il grommela son mécontentement en guise de merci. Une cicatrice arrondie au-dessus de la lèvre, comme un sourire mal placé, faisait grimacer sa joue. Lou avait déjà vu ce type, peut-être moins rouge et moins plissé, mais elle connaissait ce visage… plus jeune. À leurs débuts ici, quand elle avait débarqué avec Nour quinze ans plus tôt ? Un client de Gabriel, alors propriétaire des lieux ? Elle ne trouvait pas de piste pour faire décoller le souvenir qui n'était pas des meilleurs.

— Nous reparlerons, madame, il fit, comme s'il la sentait flancher et tenait à en profiter.

Cette voix. Elle avait déjà entendu cette voix nasillarde qui piquait les tympans.

Quand, sur la galerie, à l'abri des caméras de surveillance, elle alluma une cigarette, la tronche du rougeaud maniaque était encore collée à sa rétine. Elle avait le sentiment qu'elle n'en avait pas fini avec lui. Il ne s'agissait que d'une séquence de présentation, peut-être de repérage.

Et Jérôme qui n'appelait pas malgré les messages qu'elle lui avait laissés toute la journée.

Le soleil couché illuminait encore le ciel de ses lueurs d'été. Elle se souvint vaguement avoir aimé autrefois le mois de juin, quand les jours glissaient vers le solstice sur le toboggan le plus joyeux de l'année, mais elle n'en profitait plus guère. Les nuits avaient beau être courtes, elle voyait rarement le jour. Parfois le temps d'une cigarette.

La galerie donnait sur la cour de la magnanerie qui se dressait au bout du parc. La façade de la grande bâtisse aux multiples fenêtres avait des douceurs de meringue. De pâles miettes de céramique dansaient à travers les feuilles des cinq platanes qui avaient peut-être été les contemporains de Napoléon, cinq rescapés du massacre des platanes au début du siècle, abattus dans leur âge pluriséculaire pour avoir chopé les virus apportés dans le bois des caisses transportées par l'armée américaine à la fin de la Seconde Guerre mondiale, alors que, si on leur foutait la paix, certains pouvaient vivre quatre mille ans. Ces Ricains, bon sang! Leur monde si longtemps nouveau qui avait annoncé pendant des décennies la fin des haricots! *Fast life, short life.*

Vers vingt-trois heures trente, dans le restaurant vide, Lou fit un retour arrière sur les caméras de surveillance, zooma sur la tronche du rougeaud à cicatrice. La reconnaissance faciale de son écran n'hésita pas longtemps : Albert Jeoffroy, avocat, facilitateur financier. Elle savait maintenant d'où elle connaissait ce soi-disant obsédé de sucre. Gabriel l'avait consulté comme conseiller fiscal pour la donation à Nour, et avait frisé le procès avec cet embrouilleur et pompe à fric plutôt que *facilitateur*.

Elle traversa le parc et composa les deux codes d'accès à la magnanerie. N'avoir que cinq minutes de marche pour rentrer du boulot était un luxe à défaut d'une consolation.

Ce qui la consolait en revanche, c'était de retrouver la magnanerie flanquée de sa végétation bordélique – lauriers, rosiers, mûriers – et le bout de verger. Tout cela lui appartenait encore. Ici, elle était chez elle, elle ne voyait plus rien du restaurant, de l'hôtel, tout était comme du temps de Nour. Elle s'arrêta un instant pour respirer l'obscurité. Quelque chose à elle, son refuge, qu'ils ne pouvaient pas lui enlever. Une maison, un jardin où les cendres de Nour se mêlaient aux racines et à la sève des arbres et des fleurs.

Il y avait encore deux fenêtres allumées au rez-de- chaussée de la grande bâtisse. Le trio infernal n'était pas encore couché ? Elle était incapable de l'affronter, elle avait juste envie de s'écrouler, ne se sentait pas de parler, d'arbitrer une dispute, d'organiser une activité pour le lendemain. Elle ouvrit la porte avec précaution, s'éclairant avec son écran pour grimper l'escalier. La lumière s'alluma. Accent et voix tonitruante, Irina, impeccable dans sa robe de coton blanc, l'interpella.

— Il faut que tu viennes absolument.

Lou se laissa un instant troubler par le visage pulpeux et sensuel d'Irina dégagé par ses cheveux tirés en arrière dans un impeccable chignon. *Une offrande*, pensa Lou. Irina avait quarante-trois ans, l'âge qu'aurait eu Nour. La Hongroise apparaissait toujours à Lou comme un négatif de la disparue, aussi blonde et charnue que Nour était brune et mince. Lou aimait bien la chair élastique d'Irina, son sexe enthousiaste, mais l'une et l'autre ne voulaient pas prendre des habitudes. Il leur était arrivé quelques fois de baiser ensemble pour se détendre, faire provision de chaleur humaine. Mais il fallait garder une certaine distance entre patronne et employée, et puis les hommes restaient le terrain de jeux favori d'Irina et elle ne manquait pas d'amants, dont un Brésilien qu'elle rejoignait régulièrement pendant ses jours de congé.

— Patrick pleure à chaudes larmes, Lou, il empêche les autres de dormir, je ne sais pas quoi faire.

Au rez-de-chaussée, la présence de nombreuses fenêtres, comme dans toute magnanerie, avait permis d'aménager quatre chambres pour Laurent, Isabelle et Patrick et leur fille au pair Irina, en plus d'une grande cuisine salle à manger, d'un salon, d'une salle d'images et d'une petite infirmerie. Quand Lou entra dans le salon, ils étaient tous en pyjama. Isabelle et Laurent, chacun dans un fauteuil, regards au sol, faisaient la moue. Patrick, le troisième larron, assis à la table, sanglotait, la tête enfouie dans ses bras repliés, et ne montrait que son crâne luisant parfaitement lisse et bronzé. Quand il releva la tête, yeux un peu rougis, il plissa la bouche en hoquetant, un vrai mioche. Il faut dire qu'il n'avait que quatre-vingt-quatorze ans.

— Il ne veut pas me laisser dormir ! gémit Isabelle, grimaçante de reproches.

Plus pâle et plus maigre que jamais, cette ancienne danseuse anorexique qui filait vers ses quatre-vingt-dix-huit devait peser dans les quarante kilos et ne mesurait guère plus qu'une gosse de onze ans. Elle avait beaucoup de mal à se redresser et son torse restait pratiquement parallèle au sol dès qu'elle se levait.

— Qu'est-ce que c'est que ces histoires ? glapit Lou sur un ton d'institutrice. C'est Patrick qui fait des bêtises et c'est lui qui pleure ?

Patrick redressa son visage baigné de larmes :

— Elle me fait marcher, Lou, elle se fout de moi ! Elle dit qu'elle m'aime, et je n'ai même pas droit à un câlin !

— Je suis fatiguée, j'ai mal à la tête, j'ai envie de dormir seule dans mon lit !

— Moi, j'en ai marre, je vais au lit, j'en ai ras le bol de vos histoires de coucheries !

Grand et maigre, un côté Henry Fonda sur le retour, l'œil pétillant, insolent de santé, Laurent se leva, très digne, comme pour rappeler qu'il était tout de même l'aîné de la couvée. Il s'approcha de Lou pour lui faire un joue-à-joue machinal et embrasser l'air. Une haleine forte se planquait derrière un récent souvenir de chocolat. Fan du même remontant que Lou, il boulottait à longueur de journée des tablettes à 90 % de cacao. Rien à faire, sa gourmandise intacte la touchait.

— Je signale que Patrick a bouffé la moitié du lapin, c'est quand même pas juste !

— Espèce de collabo ! éructa Patrick.

— C'est pas beau de rapporter ! chougna Isabelle.

Laurent attendait sur le pas de la porte, histoire de voir comment allaient pousser les mauvaises graines qu'il avait semées.

Lou soupira :

— Du lapin ?

Senior-sitter parfaite, professionnelle dévouée et affectueuse, Irina prenait plaisir à satisfaire les caprices de ses trois protégés qui lui réclamaient toutes sortes d'aliments interdits. De vrais gosses !

— Irina, c'est quoi cette histoire ? Je te préviens, si je te chope avec un dealer… Les choses sont suffisamment compliquées en ce moment pour que tu leur donnes autre chose que du lapin !

La bestiole à grandes oreilles et chair tendre était depuis plusieurs années au sommet des péchés de bouche. En consommer était un coup à mobiliser les animalistes qui avaient saccagé pas mal de bonnes maisons pour défendre leurs amies les bêtes, et notamment ce suppôt de la myxomatose qui, devenu animal domestique bien-aimé, était un de leurs symboles préférés. Outre le personnage de Bugs Bunny adoré par ces grands enfants d'Américains et dont on avait fêté le centenaire quatre ans plus tôt, beaucoup de choses avaient joué en faveur de cet obsédé sexuel, qu'on associait aujourd'hui davantage aux chauds lapins qu'aux éjaculateurs précoces, et plus du tout aux redoutables coups du lapin dans les accidents de bagnole. L'adorable bestiole avait tout pour elle : fourrure soyeuse voire angora, museau frémissant, croupe bondissante, crottes minimalistes d'une épatante sécheresse, elle enchantait les grands comme les petits, même si on trouvait de plus en plus de ces peluches sur les parkings d'autoroutes ou sous les roues des camions au moment des départs en vacances.

Quoi qu'il en soit, il était désormais aussi mal vu de se tortorer une terrine de lapin à la noisette que de bouffer jadis du chat ou du chien en ragoûts. On risquait un avertissement puis des peines qui, selon le casier du prévenu, allaient du travail d'intérêt public à la taule.

— C'est pas à mon âge que je vais me priver, marmonna Laurent avec une superbe qui l'abandonnait rarement. Celui qui va me mettre au régime n'est pas encore né. Chez nous, on a toujours creusé sa tombe avec ses dents !

Et il claqua la porte. Isabelle, torse quasiment à l'horizontale, le suivit en tanguant dangereusement, mais peut-être était-ce une façon de danser, car, sourire aux lèvres, elle accompagnait sa progression malaisée par de gracieux mouvements de bras. Patrick oubliant ses pleurs haussa les épaules, comme s'il était bien au-dessus de ces enfantillages, et lança, triomphant :

— Ils peuvent toujours courir pour manger mon chocolat, tiens !

Dans son appartement à l'étage du dessus, Lou fila vers un grand papier blanc punaisé sur la porte de sa salle de bains et traça un bâtonnet vert qui s'ajouta aux précédents. 408 ! Quatre cent huit jours sans piquette, sans gnôle, sans rhum. Plus d'un an d'abstinence qui dessinait une minuscule forêt chlorophyllée, oasis qu'elle visitait chaque soir, à l'heure où le whisky l'appelait avec une véhémence difficile à soutenir. Contempler le petit bouquet de verdure lui faisait oublier quelques instants tous les morts qui l'avaient laissée choir, la planète dévastée, les pays en guerre et les autres en capilotade. Être seule chez soi, épuisée et fauchée, et ne pas picoler, on pouvait se pendre pour moins que ça. Elle se jura de se préparer un jour la friandise dont Nour et elle avaient souvent abusé et qui valait les délices de l'alcool. Gabriel en avait rapporté la recette du Maroc où il était né au milieu du siècle dernier. *El majoun.* Piler finement poudre de glands, miel, amandes dorées au beurre, ras el-hanout, cantharides, noix, beurre frais, raisins secs épépinés, gingembre, cuire le tout à petit feu jusqu'à obtenir une consistance proche de celle de la pâte de coing, puis y ajouter une bonne quantité de haschich. Ensuite, former avec le mélange des boules grosses comme des œufs de pigeon, d'une belle couleur dorée, à rouler dans le sésame. Croquer gentiment, se détendre et laisser venir l'envol qui surprenait toujours. S'endormir légère juste avant atterrissage.

Elle alluma une cigarette, tapota son écran.

— Jérôme, je vais te faire beaucoup de peine : on a survécu sans toi, mais maintenant tu appelles, sinon, je m'inquiète, et c'est pas bon pour ma santé ni celle de l'établissement.

Elle connaissait au fond si peu de choses de son second alors qu'ils travaillaient ensemble depuis… dix ou onze ans ! Elle n'avait même pas un numéro de copain, de copine ou de mère. Elle savait qu'il habitait au premier étage d'une villa à quelques kilomètres, il avait parlé une ou deux fois de sa logeuse. Demain, elle la contacterait. Mais on était déjà demain depuis une heure et elle n'avait pas sommeil.

Elle lança le grand écran. Des incendies faisaient rage au Portugal, à se demander comment il pouvait encore rester des forêts à brûler. Pour amuser les touristes, on avait fait venir des dromadaires dans le sud du Lubéron dont la faune et la flore s'approchaient de plus en plus de celles du Sahara à la latitude de Ouargla, et la pratique du char à voile dans les lacs asséchés connaissait un développement spectaculaire. Michel Houellebecq, quatre-vingt-huit ans, venait d'être hospitalisé pour embolie pulmonaire en Ukraine. Maigre et chauve, il avançait sur une chaise roulante pour prononcer son discours à Singapour après l'attribution du grand prix littéraire Continents qui avait remplacé le Nobel. Les médias se demandaient si ce ne serait pas la dernière intervention publique de l'écrivain, et Lou en eut le cœur serré. Elle avait apprécié fugitivement la compagnie de Michel au temps de Nour et de Gabriel quand la propriété était le refuge de toutes sortes de misanthropes éclairés.

Les nouvelles étaient décidément trop mauvaises, et elle préféra lancer *Les petites marguerites*, vieux film tchèque des années 60 que Nour et elle regardaient ensemble au moins une fois par an, au lit avec des plateaux-repas de reines, huîtres, champagne, gambas grillées, taglioni aux cèpes, fondants au chocolat. Les deux amoureuses se voyaient dans ces deux gamines culottées qui s'en foutaient plein la lampe à la barbe des héritiers de Staline qui, deux ans plus tard, allaient envoyer leurs chars sur la capitale tchèque, et écraser en plein été ce qu'on avait appelé *le printemps de Prague*. Un printemps auquel Nour et Lou voulaient croire encore dans les années 2030, tout en n'ayant pas plus d'illusions que Věra Chytilová, la réalisatrice, qui montrait l'épée de Damoclès suspendue au-dessus des deux nanas bien trop libres pour être honnêtes. Le film, le printemps de Prague, les soirées cinoche, tout cela était bien loin, Lou pensait de moins en moins souvent au printemps et *Les petites marguerites* n'était pas un bon somnifère.

Pourtant, à trois heures trente du matin, un type en train de manger une tropézienne se faisait embarquer par les flics, pendant que la magnanerie brûlait en ronflant et s'écroulait de toutes parts, explosant comme la baraque à la fin de *Zabriskie Point*, projetant au loin des pierres, des planches, des tuiles, alors que trois vieux s'envolaient haut dans le ciel, corbeaux déplumés suivant vaillamment Irina transformée en ange blond. Cela faisait beaucoup d'événements fâcheux pour un sommeil si court, dont Lou s'extirpa instantanément, on lui écrasait la main, le poignet, l'avant-bras. Elle se redressa d'un coup dans l'obscurité et, en arrachant son bras à la pression, se cogna à quelque chose, un crâne, son écran lança une lueur bleue sur le visage de Laurent, souffle court et regard plein de reproches.

— Si tu voulais me casser le bras, c'est loupé ! Bon sang, Laurent, tu peux pas faire gaffe, qu'est-ce qui se passe ?

— Elle est où, Irina ?

Le Corse et la Janvier avaient transporté Ferdinand vers l'espace cuisson sous les voûtes de pierre. Dûment giflé et réveillé, il se sentait aussi mal en point que le type arrêtant un môme dans la rue : *Je ne sais pas si je suis mort ou vivant. Tu peux me le dire s'il te plaît?* Sauf qu'il n'était pas dans un poème de Brautigan mais dans les odeurs atroces de blanquette.

Il avait ouvert la bouche pour prendre un peu d'air, un machin dur lui était entré dedans, il avait mâché précautionneusement, ça croustillait, du pain, quelque chose comme une baguette à l'ancienne, peut-être même un croûton, le meilleur, sa récompense d'enfant. Il avait fini par avaler avec application et soulagement une pâte liquide dont l'amidon et le sucre avaient effacé sa nausée.

— Allez, allez, on est un grand garçon!

La voix de la Janvier lui avait fait l'effet d'un seau d'eau froide, l'emmerdeuse était hélas aussi réelle que le cadavre pendu dont il sentait encore le contact glacé.

— Quand je l'ai trouvé dans la casserole, j'ai paniqué, vous comprenez, je ne savais pas quoi faire, bafouillait JB.

— Le mettre au frigo plutôt que d'appeler les flics, quel esprit d'à propos ! pestait la Janvier. Vous me faites regretter tout le bien que j'ai dit de vous, toutes les fleurs que je vous ai faites.

Le Corse jouait les pleureuses :

— C'est mon mari qui a commandé la blanquette ! Moi, je ne connais pas le type. Je ne m'occupe pas de la cuisine. Je vous jure, je ne sais même pas comment il s'appelle.

— JB, on se fréquente depuis longtemps, je vous ai toujours prévenu : on n'empile pas les infractions, c'est une règle absolue ! Jamais plus de deux si on veut s'en tirer. Vous comprenez ça, quand même !!

C'était là que Ferdinand, encore totalement dans le brouillard, avait demandé, d'une petite voix de fausset, quels vêtements portait *Blanquette* quand il avait plongé dans son faitout.

— Voilà autre chose, notre Parigot se prend pour Maigret ! Mais mon garçon, je vous arrête tout de suite, on est à la crim ce qu'un vigile est à la police judiciaire… des sous-fifres !

— Je vous assure qu'il portait la tenue réglementaire, s'était empressé JB, les salopettes sont toutes passées à la vapeur désinfectante à chaque séquence.

— Vos trucs de ménagère, on s'en fout, vous verrez ça avec l'hygiène qui ne va pas vous sauter au cou, un cadavre de sapiens dans les provisions de bouche, c'est pas vraiment aimé des règlements. Je verbalise aussi la blanquette, cette fois, j'ai pas le choix, sans compter que je vous envoie l'inspection du travail et la crim.

— Toutes les tenues ont la même couleur ? avait insisté Ferdinand, qui suivait son idée, soulagé d'en avoir une malgré les circonstances.

— Salopettes vertes et coiffes bleues ! assurait le Corse.

— C'est quoi, cette affaire, Pierraud, vous voulez garder son vêtement en souvenir ? C'est un malaise ou un coup de foudre qui vous a fait choir ?

Comme si elle était capable de réfléchir en parlant, elle avait regardé JB, visualisant tout à coup une séquence peu favorable au Corse et qu'elle n'avait pas encore convoquée. Jean-Baptiste, même innocent, ne pouvait l'être tout à fait : il avait tout de même déshabillé le mort avant de le ficeler et de le pendre, ce qui donnait à réfléchir, et même si elle ne voyait pas où le Parigot voulait en venir, il devait aller quelque part ! Pour une fois, elle laissa s'installer un silence, comme un projecteur de lumière braqué sur le Corse, qui se rencogna, réduisant à vue d'œil, adossé à un évier plus grand qu'une baignoire, les mains menottées au robinet.

Quand les gars de la crim avaient débarqué, le sosie de Merkel les avait accueillis froidement, neutre et concise :

— L'examen du cadavre montre qu'il n'est pas pucé. Ses empreintes digitales précuites ne risquent pas de passer dans le reconnaisseur national, donc pas d'identification immédiate. Le propriétaire refuse de nous dire quoi que ce soit, même l'identité du cadavre, il doit attendre les instructions de son Rital de mari qui, je vous préviens, a de la famille du genre hyperactif en Calabre, je vous conseille donc la cure d'oligoéléments favorisant le boulot des synapses ! Allez, Pierraud, on y va mon ami !

Dès qu'ils avaient été dehors, le soi-disant ami, totalement extirpé de son brouillard par ce scandale administratif, avait jappé :

— C'est quoi, cette connerie ?

— La loi, mon petit ! La loi ! Il y a eu infractions aux règlements culinaires, nous avons constaté et verbalisé, préparations culinaires clandestines, produits prohibés, non-respect des règles d'occupation des chambres froides, mais un assassinat, ce n'est pas nos oignons !

— Mais c'est nous qui avons trouvé le corps !

— Oh ! Vous ne me faites pas des trucs de cour de récréation, *c'est çui qui dit qui y est* ou des choses du genre. Faut grandir un peu, Pierraud !

— Dresser des procès-verbaux, mais autant foutre des amendes de stationnement !

— Et ambitieux avec ça, vous êtes un gars à surprises, vous, on vous l'a déjà dit ? Vous me direz, c'est mieux qu'à déceptions !

Elle lui avait tapoté la joue. Il s'était dégagé avec un râle tonitruant dont la puissance l'avait surpris et qui avait donné à l'emmerdeuse un petit sourire satisfait. Elle avait envie qu'il sorte de ses gonds, il ne lui donnerait pas ce plaisir, il pensait à *Blanquette* encore en train de pendouiller au milieu des autres barbaques. L'image le chamboulait au-delà du raisonnable, il aurait préféré pour son premier cadavre professionnel un défunt mieux présenté, moins jeune, moins talentueux.

— Réjouissez-vous, Ferdinand ! Avec le couple ritalo-corse, nos flics vont en baver ! Omerta d'un côté et loi du silence de l'autre, je ne les envie pas. Il faut les laisser ramer, Pierraud, ils adorent, ça leur fait les bras. Après, on n'aura plus qu'à se baisser pour ramasser l'info, tranquillement ! Mieux prendre son temps que le perdre, allons, allons ! La vie est courte. Plus vous vous dépêchez, plus elle passe vite !!!

Dès qu'elle le lâcha, Ferdinand fouilla la toile, rageant de ne pas avoir accès aux informations de la crim auxquelles sa cheffe avait pourtant droit, mais dont elle se fichait comme de sa première culotte. Elle n'était pas acharnée au travail, faire du bruit avec sa bouche était en réalité une tactique pour planquer sa remarquable flemme, ses journées étaient très courtes et ses déjeuners très longs. *La paresse repose avant la fatigue* aurait pu être sa devise.

Depuis son arrivée, il était souvent seul dans l'espace bureau grand comme un placard au rez-de-chaussée d'un petit immeuble des services sanitaires à plusieurs kilomètres des locaux de la police. Aucune chance de croiser un flic dans un couloir pour lui demander si ses collègues avaient identifié *Blanquette* dont il ne trouva aucune trace sur les réseaux de *La dive bouteille*, ni dans une recherche élargie à la région. La bouffe ayant pris depuis longtemps la place du sexe, de l'âge et de l'occupation professionnelle dans les identifiants, les photos de profils affichant plats, gâteaux, tables dressées étaient trop nombreuses pour constituer des indications.

Difficile de vérifier les activités du restaurant qui n'existait pas au niveau comptable. Cependant, le jour du crime, le domaine viticole avait livré trente-cinq litres de rouge à une association des *Amis de Coluche*, un comique du siècle dernier dont il était question depuis quelques jours à l'occasion du centenaire de sa naissance : *Certains ont l'air honnête, mais quand ils te serrent la main, tu as intérêt à recompter tes doigts!* À son époque, l'humoriste se doutait peut-être qu'au siècle suivant, plus personne n'aurait l'idée de tendre la main à quelqu'un, les virus étant des organismes aussi prosélytes que certaines religions bien répertoriées. Malgré ce côté visionnaire de leur mascotte, on pouvait imaginer des anciens fêter leur bon vieux temps avec une blanquette de veau et trente-cinq litres de pinard, c'était logique, mais aucun vieillard ne s'était faufilé en cuisine pour gâcher leur ragoût en dégueulasserie anthropophage.

Décidément, Ferdinand ne trouvait aucun moyen d'avancer.

Alors qu'il prenait une tasse de protéines au distributeur, une mignonne dont les cheveux châtains flamboyaient d'une mèche vermillon lui adressa de grands sourires et tint à lui faire la causette.

— Il paraît que votre trouvaille à *La dive bouteille* vous a fait un gros effet ?

Une trentenaire charmante qui le voyait comme un pauvre gars tournant de l'œil, c'était un manque de bol qu'il essaya de rattraper :

— Pas autant que vous. Mademoiselle…

— Edwige !

— Enchanté ! Dommage tout de même, j'aurais aimé courir plus vite que les mauvaises nouvelles !

— Ne pas être nécrophile est plutôt une bonne nouvelle ! Je n'aurais pas aimé faire une si mauvaise rencontre dans cette chambre froide.

— Pire aurait effectivement été de la gourmandise.

— De notre côté, à l'hygiène, on a tout inspecté et fermé le clandé pour un bon moment. Les deux gérants ont toujours fait courir le bruit qu'ils étaient protégés par la mafia, mais c'est de la publicité mensongère. Leonardo est effectivement parrain d'une petite nièce à Lecce, il a un vieux père à l'hospice de Bari, et un frère qui trimballe les touristes derrière un petit drapeau à Gallipoli, mais il n'y a pas vraiment de rôle pour Marlon Brando dans la famille !

Elle se mit à rire, son visage éclatant de fraîcheur devait obéir au nombre d'or pour être aussi harmonieux. Ferdinand avait toujours eu un faible pour les filles à peau de lait et il aurait volontiers prolongé l'échange.

— Vous travaillez aux services sanitaires ?

Elle partait déjà avec sa tasse de bouillon à la tomate – elle aimait décidément le rouge –, et lança sa réponse de dos :

— À l'hygiène… À bientôt, et bienvenue quand même ! Vous verrez, notre coin gagne à être connu !

Revenu à son écran, il chercha une Edwige aux services sanitaires, qu'il trouva aussitôt. Directrice régionale !? Sûrement une tête pour avoir à son âge un tel poste. Ce qui la rendait inaccessible et d'autant plus attrayante. Le Sud méritait peut-être plus ample connaissance.

Reprenant sa navigation autour de *La dive bouteille*, il entra dans le site interactif de son potager, beaucoup plus fréquenté que celui du domaine. Conseils et photos en veux-tu en voilà, mises à jour quotidiennes. Peut-être était-ce un lieu à fréquenter, une piste… que coupa avec sa tonitruance habituelle la Janvier en faisant irruption dans le bureau :

— J'ai trop mangé, Ferdinand, je ne suis pas raisonnable comme vous. Caillette et papeton d'aubergines, j'en ai repris trois fois ! Vous aimez ça ?

— Beaucoup !

Il pensait à un truc asiatique dont on lui avait parlé pendant sa formation au cours de diététique.

— Mais je ne mange pas souvent vietnamien.

— Mon pauvre, vous me faites pitié !!! À la capitale, vous ne connaissez vraiment rien ! C'est d'ici, mon petit ! La caillette date de la nuit des temps. D'avant les restrictions. On la préparait juste après la tuade du cochon. De la viande, des abats, des blettes, des épinards, des aromates. On hache, on mélange, on moule gentiment à la main, on entoure de crépine, et on mange chaud coupé en tranches fines dans une bonne sauce tomate, ou froid avec des cornichons. Hum ! Je vous ferai goûter, vous n'y couperez pas. Sauf si vous continuez à jouer les anorexiques. Pas étonnant que vous fassiez des hypoglycémies dans les chambres froides !

Elle eut un renvoi sonore et disparut dans les toilettes. Le bruit d'un jet dru passa à travers la porte, la malotrue pissait comme un cheval, et quand il la vit réapparaître en train d'ajuster sa jupe-culotte il détourna la tête, elle avait décidément tout d'un animal.

— La mauvaise nouvelle, mon ami Pierraud, c'est que si vous espériez faire la sieste, c'est foutu, on repart sur le foie gras, que personnellement je n'apprécie pas autant que la caillette, ça doit être génétique je pense, on sait bien que même les habitudes se transmettent par les gènes… vous le saviez ?

— On part où ?

— Les médecins nous autorisent à interroger le chauffeur bulgare à l'hôpital. Mais je vous préviens, j'ai un rendez-vous, personnel et néanmoins important, à dix-huit heures. À dix-sept heures trente, rideau, je vous laisse vous débrouiller comme un grand.

Le grand se foutait pour une fois de son ton supérieur, elle allait le laisser tranquille.

— Des nouvelles de *Blanquette* ?

— Arrêtez de me bassiner avec votre chouchou, hein ? J'en ai vu des comme vous qui se passionnent pour ce qui ne les regarde pas et qui sont pas foutus de faire correctement leur boulot. Si vous voulez entrer dans la police, allez-y, mais ne restez pas le cul entre deux chaises, ça me donne des crampes dans les cuisses !

Sur la route, elle se tut – elle devait être en phase digestive – et laissa par écran interposé Jean-Marie Gustave Le Clézio leur tenir compagnie. Toujours longiligne et droit, juste un peu plus maigre, cheveux plus blancs que blonds, l'ancien Nobel qui avait fêté ses cent quatre ans quelques mois plus tôt parlait d'une voix monocorde tout en marchant à petits pas le long du port d'Héraklion où il vivait depuis quelques années, pas loin de Cnossos et de ses ruines spectaculaires racontant des histoires vieilles de plus de neuf mille ans. Jean-Marie se disait fasciné par la splendeur d'une civilisation qui avait laissé des traces non seulement archéologiques mais culinaires. Tomates, herbes, céréales entières, huile d'olive, fromages de chèvre et de brebis offraient aux Crétois la plus longue espérance de vie du globe, les protégeaient du stress, du cancer, de l'obésité et des maladies cardio-vasculaires. Une cuisine simplissime de produits frais qui gardaient leurs vitamines et leurs sels minéraux : légumes et fruits locaux, quantités raisonnables de viandes et de poissons grillés. Une leçon de sagesse dont l'évidence faisait penser aux œuvres littéraires universelles. *Nombril de la Méditerranée, jadis sacrée et aujourd'hui symbole de pollution, la Crète clame encore dans ses assiettes que la civilisation qui fonda la culture occidentale n'est pas tout à fait morte.*

— Au moins le vieillissement ne tue pas l'optimisme ! Cet homme ne manque pas de bon sens, qui est à mon avis le summum de l'intelligence. Manger frais et goûteux, léger et gourmand, en bon omnivore que nous sommes, quoi de mieux ?

Ferdinand pensait à ses packs de flacons qui patientaient dans son frigo et ne salissaient pas sa cuisine. Il avait tort de ne pas lui balancer la vérité. Qu'elle cesse de le croire du même bord qu'elle pouvait être un avantage, et puis l'austérité qu'il cultivait jusqu'ici sans vergogne valait largement les goinfreries de cette grosse dondon !

— Militer pour la liberté de table, contre le racisme à l'assiette et les déviations sectaires en cuisine, c'est quand même pas sorcier !

— *Blanquette* était sûrement d'accord, et ça ne l'a pas sauvé !

— Arrêtez votre fixette sur votre pendu !

Son écran vibra.

— Non ? C'est pas vrai, ils sont de plus en plus nombreux à craquer ! Bon, eh bien on verra ça plus tard, OK ! Je préviens la région.

Elle raccrocha :

— Pithiviers démissionne, ça n'arrête pas !

Ferdinand ne voyait pas du tout qui avait pris la sage décision que lui-même n'osait prendre.

— Mais si, Roland Pithiviers, le chauve pas très grand. Je lui ai dit plusieurs fois, Roland, ta gentillesse te perdra ! Le pauvre, avoir un nom de gâteau, déjà, c'est un signe. Notre métier demande du nerf, Pierraud, il ne faut jamais intervenir si on n'est pas certain de résoudre le problème, parce qu'autrement, c'est le burn-out. Je n'ai d'ailleurs jamais compris ce que les burnes avaient à voir avec ça, ça arrive aussi à des femmes, hein ! Enfin, le pauvre Pithiviers a dû subir un sacré traumatisme. Il ne veut même pas faire son préavis, ce qui va lui coûter bonbon ! Vous savez, la bouffe, c'est un truc animal, les gens deviennent féroces dès qu'on s'en prend à leurs papilles et à leur estomac. Vous les avez vus se précipiter sur le buffet dans un cocktail ? Soi-disant polis, smokings, robes de soirée et tout le tralala, et ils vous marcheraient dessus pour attraper un petit-four ! Méfiez-vous ! Même à l'intérieur des couples, des familles… c'est dramatique. Vous savez qu'il y a de plus en plus d'hommes battus ?

— Par leurs femmes ?

— Parfaitement ! On commence à faire assiette à part, chacun sa casserole, chacun sa cuisine, et ça finit en pugilat !

Sur son lit d'hôpital, l'accidenté qui avait obligé sa camionnette à renifler un champ de lavande susurrait une mélasse inaudible et l'application de traduction y perdait son latin. Ferdinand ne retrouvait pas le sien non plus devant l'écran qui affichait *erreur* en clignotements ininterrompus. Il entra dans le menu, cliqua sur différents onglets. Le transporteur de foie gras n'était pas bulgare mais hongrois !

Ferdinand changea les paramètres de la traduction simultanée, mais le résultat ne fut pas probant. L'appli ramait pour décortiquer à la fois l'absence de syntaxe de la Janvier et les borborygmes d'Elöd.

Du haut-parleur de l'écran, caquetait une voix de sorbet au citron :

— J'ai fait accident avec sanglier !

— Vous commencez à me courir avec vos histoires *à la mords-moi le nœud*, Elöd ! Vous apportiez votre cargaison à votre fiancée ? Eh bien dites donc, elle n'a pas froid aux yeux, votre blonde !

Commotionné et effrayé par cette virago qui lui parlait barbare, l'accidenté savonnait de plus en plus de mystérieux gargouillis. Autant dire que les choses avançaient au rythme d'un paresseux à longues griffes descendant de son arbre dans un spectaculaire ralenti. Elöd finit par crachoter péniblement le nom de son soi-disant fournisseur de la banlieue de Budapest, qui fila illico se perdre dans les réseaux de la police hongroise.

— Bon, Pierraud, on se casse ! Je vous laisse la voiture de service et l'écran du gars, vous me faites un topo sur ses réseaux, ça devrait nous donner des pistes et son portrait. Je me doute que vous n'êtes pas poète, mais des phrases courtes et simples suffiront. Un sujet, un verbe, un complément.

Dehors, elle se dirigea vers un scooter couvert à trois roues. Il était chevauché par… Edwige !! Cuisses à l'air dans un short moulant, Edwige embrassa la Janvier sur les deux joues. Ferdinand pestait, sa cheffe serait toujours dans ses pattes. Avant d'enfiler son casque, la beauté lui adressa un sourire. Moqueur, enjôleur, complice ? Il ne savait pas où se mettre, il aurait préféré être loin, divorcé de ce con dont il portait le nom et la maladresse, et il fila vers l'électrique.

Sur le parking de *La dive bouteille*, pas un chat. La porte du caveau était fermée derrière les scellés et les cordons de sécurité. Le potager, lui, était accessible. D'un vert écœurant, de surcroît foisonnant et mal peigné, loin des raies et rectangles bien tracés du potager de sa grand-mère. Ferdinand s'approcha prudemment de l'entrée. Courgettes et petits pois grimpaient la façade de la maison. Quelqu'un chantait. Une voix basse, gutturale, comme un chant de Lorelei qui le fit hésiter, mais difficile de reculer devant le premier obstacle si on veut avancer. *Blanquette* avait sans doute cueilli ses carottes, ses oignons dans ce jardin pour son ragoût, peut-être taillé la bavette avec le chanteur, et l'amateur de *manger prêt à boire* se faufila courageusement entre les murs de salades et d'herbes aromatiques, sous les tonnelles d'aubergines et de poivrons, entre les massifs de carottes et d'épinards.

Guidé par la voix, il contourna une mare, un bouquet d'arbres, des containers de compost, un massif entouré d'un tressage d'osier et se trouva face au chanteur, une femme opulente à la peau réglisse, habillée d'une légère cotonnade vert pâle qui tenait du boubou et du sari. La soixantaine sans doute, peut-être plus. Elle ramassait une sorte de chou chinois aux bords frisottés. Du kale, dont Ferdinand avait appris pendant sa formation les atouts : supervitaminé, peu calorique et bourré de calcium.

Au milieu de la végétation, il faisait moins chaud. Ferdinand parvenait à ne pas penser aux grouillements et bourdonnements que cachaient les plantations, regardant faire la jardinière dont il admirait les gestes aussi efficaces que rapides. Il était touché par la puissance de cette femme, sa beauté souveraine, l'éclat de sa peau 100 % cacao.

Elle ne le regardait pas et continuait de chanter. Le timbre venait de profond, la mélodie à la fois triste et enjouée tenait de la réconciliation et il pensa que c'était *Blanquette* qu'elle chantait de cette voix capable de rejoindre les morts.

Elle se tut, le regarda longuement, intensément, puis :

— C'est pour Jérôme ?

Les trois vieux blottis l'un contre l'autre dans le king size deux mètres sur deux de Laurent, figés dans une grasse mat' d'adolescents, composaient un tableau surréaliste mêlant la perruque de Patrick, la robe d'Isabelle, ses longs cheveux gris, le pyjama écossais de Laurent. Une paisible portée de chiots.

Lou referma la porte de la chambre. Elle n'était pas dans son assiette. Cinquante-quatre ans n'était pas l'âge de perdre la boule, mais elle s'était pris un coup de vieux en découvrant l'absence d'Irina notée sur l'écran-agenda du rez-de-chaussée. Deux jours de juin barrés – *absence garde*. Lou ne regardait pratiquement jamais l'agenda, Irina le savait, ne lui en avait pas reparlé… ou alors Lou n'en avait aucun souvenir ? Elle allait finir comme sa mère qui, à soixante à peine, ne la reconnaissait plus et confondait sa poubelle avec son garde-manger. Lou l'avait placée en maison médicalisée pour l'empêcher de mastiquer emballages, épluchures et marc de café. Ces choses-là devaient se transmettre. L'âge, ce foutu sculpteur de trognes, n'a pas l'esprit démocratique. Pas d'égalité pour les neurones qui plissent, s'affaissent, s'effilochent. Ni lifting ni injections pour la rénovation intérieure. *La façade se ravale, pas la baraque*. Le transhumanisme ne concernait que quelques milliardaires se saignant aux quatre veines pour le pass illimité, croyant dur comme fer que dans quelques poignées d'années, on aurait éradiqué la maladie, la souffrance, la vieillesse, pour courir le guilledou jusqu'à des cent soixante printemps. Lou n'avait pas le profil pour faire partie des prototypes !

Dans la chambre d'Irina, on sentait encore le parfum de la belle. Tout semblait en place, sa chemise de nuit pliée sous l'oreiller dans ses odeurs, le distributeur de dentifrice ouvert. Dans un placard, des boîtes de foie gras, du miel naturel, des pâtes à tartiner au chocolat et à la noisette, des saucissons secs à l'ancienne, toutes sortes de choses qui s'achetaient plutôt sous le manteau que dans la première supérette venue.

Un écran photo patientait au chevet du lit, Lou l'enclencha. Le Danube et ses ponts à Budapest, les trois vieux soufflant les bougies d'un gâteau, et… Irina riant avec un visage qui lui rappelait quelqu'un. Elle revint en arrière. Le trans du contrôle alimentaire ! Celui·elle qui accompagnait le petit chauve dont elle avait descendu la ceinture pour lui donner le bon temps qu'il ne s'offrait plus. Elle zooma sur la photo. C'était bien lui·elle. Coiffure et maquillage différents. Irina lui avait parlé de sa cousine qui voulait se faire opérer et changer de sexe. Qu'est-ce qu'elle foutait au contrôle alimentaire ?

L'appel automatique de l'écran vibra une fois de plus. La messagerie de Jérôme. Sa voix douce. *Pas là, pas loin. Laissez votre message.* Lou soupira. Jérôme était aussi imprévisible et distrait que doué. Un chef de la trempe de Nour. Il avait dans la tête une formidable encyclopédie de tous les goûts, toutes les structures, toutes les consistances. Il pouvait traiter, sublimer, marier, réinventer mentalement les combinaisons d'une infinité d'ingrédients. Il écrivait ses recettes comme un compositeur de musique pose ses notes sur sa partition en savourant devant sa feuille la mélodie jouée par l'orchestre. Il était un de ces rares artistes, qui, à n'en pas douter, inventerait des recettes qui animeraient les fourneaux et les tables pendant des décennies. C'était Nour qui l'avait choisi, et elle ne s'était pas trompée.

Mais l'artiste avait ses mouvements d'humeur et un ego trop développé. Il n'avait pas pigé que pour ce métier, il fallait aussi être un soldat. La hiérarchie et le travail en brigade tenaient de l'armée. Deux pincées de sel en trop, et on virait le nectar de homard à la poubelle. À deux caprices et trois manques d'attention près, un cuistot transformait soixante-dix clients en heureux béats pétant la forme ou en pauvres bougres pissant des fesses, il pouvait même les envoyer ad patres en ajoutant une cuillerée de poudre de perlimpinpin à la sauce qui n'en serait même pas gâtée.

Était-ce pour faire payer à Lou ses remontrances et ses emportements que Jérôme ne donnait pas signe de vie ? L'expression bizarre lui fit imaginer le pire, qui n'était pas toujours certain mais fréquent : un attentat, un kidnapping. Plusieurs cuisiniers avaient été enlevés depuis le début de l'année pour protester contre le massacre des animaux, le gaspillage de la nourriture, la dilapidation des ressources, l'usage encore trop répandu de produits chimiques dans l'agriculture et l'industrie alimentaire, le non-respect des règles diététiques.

L'idée du complot, d'une déclaration de guerre effleura Lou, elle crut sentir pousser l'herbe du diable. Le poison du datura. *Les paranoïaques ont toujours raison.*

Un attentat au drone venait d'avoir lieu à Paris sur un marché couvert très fréquenté, on ignorait encore le nombre de victimes. Personne ne l'avait encore revendiqué.

Cotonneuse, elle monta chez elle, s'allongea sur son lit, se souvenant que dans cette phase brumeuse entre la veille et l'endormissement les évidences apparaissent, quand l'angoisse s'efface au profit du sommeil.

Couvertes de fleurs, Lou et Irina avançaient sous les ferrures vitrées d'une ancienne gare, acclamées par une foule d'oiseaux. Ça gazouillait, chouchoulait, tritulait, pituitait, et brusquement, le fouet d'un coup de sonnette. Lou se leva toute droite sur son lit… cinq heures quinze !

À voir la tête d'Oreste sur l'application d'entrée de son écran, elle sut qu'elle partait vers une très mauvaise nouvelle. Quand le messager, tout gris, fut devant elle au premier étage, il n'essaya pas de démentir.

— Jérôme a été tué.

Lou brusquement engoncée dans sa peau, Nour plus morte que jamais. Un béton durcissait sous ses côtes, elle connaissait ce raidissement qui avait accompagné les pires moments de sa vie, même quand Nour était partie, à l'instant où elle l'avait vue s'en aller alors qu'elle la tenait contre elle, qu'elle était en train de lui parler, elle n'avait pas eu la moindre goutte d'eau dans les yeux. La peine, pour elle, c'était toujours avant ou après, jamais pendant. Au moment même, les écoutilles fermées, les muscles anesthésiés, les yeux secs. Il fallait du temps au système défensif pour se fissurer, rompre la digue, laisser passer la douleur. Après. Plus tard…

Jérôme n'était pas mort, ce n'était pas de son âge. Elle dormait encore, et son rêve tournait mal. Rien de plus.

Pas mort. Tué. Elle espérait *tué dans*… un accident. Pas *tué par*. Pas égorgé, pas abattu *son* chef, *son* second, *son* assistant, qu'elle affublait de diverses fonctions toujours précédées d'un possessif.

Le visage d'Oreste était fermé, sa peau d'encre luisait sous les lumières de la cuisine où il s'était réfugié, comme s'il connaissait la maison alors qu'il ne venait jamais chez elle. Il s'activait. Peut-être pour prouver que le film n'était pas arrêté, que ça continuait.

Jérôme mort plus jeune que Nour.

Oreste faisait des cafés, sortait de l'eau fraîche,

trop parfait comme toujours, trop silencieux. Insupportable. Elle avait envie de lui gueuler dessus. Pourquoi était-il au courant avant elle, était-il plus proche de Jérôme qu'elle ? Ce n'était pas difficile, elle ne savait rien de son cuisinier. Il ne racontait rien, ni famille ni amour ni passé, comme si rien ne lui arrivait en dehors du *Mas des collines*. Pour Lou, il n'était qu'une vocation, passion et travail confondus, un sacerdoce qui le constituait entièrement. La cuisine. Pour lui comme pour elle, le seul essentiel.

— Assassiné ?

— Ébouillanté !

Elle entendit gronder des bouillons, siffler des cocottes, des couteaux marteler les planches à découpe, toute une musique de cuisine devenue barbare brouhaha. Un cuisinier dans une marmite. L'idée de sorcellerie lui soulevait le poil. Mâchoire soudée aux épaules, elle fit deux pas puis revint en arrière, elle ne pensait qu'à un grand verre de rhum. Disparaître d'ici.

Son second, comme l'autre moitié d'elle, plus doué qu'elle, celui qu'elle avait imaginé comme son successeur, celui qui allait les continuer, elle, Nour, Gabriel, celui à qui elle aurait transmis ce qu'elle avait appris. Jérôme n'était pas mort, personne ne pouvait vouloir le supprimer, il était encore un enfant, il n'avait même pas trente ans, il n'avait pas eu le temps de s'endurcir, de devenir raide et aigre, son sourire était encore sucré, son regard tendre, son talent n'avait pas tout à fait déployé ses ailes, même s'il promettait de l'envoler haut.

— Ébouillanté ?

Oreste lui servit le café, le verre d'eau fraîche.

Il faisait comme avant.

Comme avant.

Désormais, c'était après. Une fois pour toutes après ça, qui n'était pas encore tombé dans la réalité.

Elle pensa à Irina. En congé, comme prévu. Le doublon était impossible. L'enfer, c'est la répétition.

Irina était vivante. Jérôme mort à sa place.

Irina était morte, comme Jérôme.

— Bon Dieu, Oreste, vous n'allez pas me laisser mariner comme ça !

La puissance de sa voix la surprit. Oreste tenta d'obéir, balança une pluie de petits graviers sur la surface du lac pour l'agiter et cacher le cadavre, provoquer rancune et colère ce qui était toujours mieux que le chagrin, il ne pouvait pas s'en empêcher. Il raconta les deux jours de congé pris par Jérôme pour se faire de l'argent de poche dans un clandestin. Tous ses jours de congé ne servaient qu'à ça, mettre de l'argent de côté. Elle s'agaçait. De l'argent de poche ! Comme si elle ne le payait pas suffisamment, foutue patronne exploitant son personnel. Cette dérisoire infidélité n'avait aucune importance. Tant pis. Pour les morts, aucun détail pour compter.

— Arrêtez de tourner autour du pot, Oreste, bon sang !

— On l'a poussé dans sa cuve de cuisson…

Il lâcha par morceaux *La dive bouteille*, un domaine viticole…

— … Ça va, je connais !

Cette fois, sa voix avait repris son volume ordinaire, elle éprouvait un petit soulagement, l'étau se desserrait autour de sa mâchoire. *La dive bouteille*. Jérôme s'était fourré dans un guêpier tout seul, ça n'avait rien à voir avec elle. Rien. Elle connaissait Jean-Baptiste et Leonardo. Des petits bras à la tête d'un clandé très fréquenté. Des magouilles et des soutiens pas reluisants. Trop de petites entourloupes pour en réussir de grandes.

— La police dit quoi ?

— Je ne sais pas, les médias n'en ont pas parlé.

— Je me fous des médias, Oreste, merde !

Jérôme mort sans qu'elle l'approche, sans qu'il partage ses rêves. Elle connaissait ses inventions, ses savoir-faire, ses improvisations, tout ce qui était utile à l'établissement. Ses aspirations ne pouvaient être au-delà de son espoir à elle : qu'il prenne un jour sa place quand elle l'aurait décidé.

— Comment vous êtes au courant si les fils d'actualités n'en ont pas parlé ?

— Zineb, qui a créé le potager de *La dive bouteille*.

Le fameux jardin. Le seul potager de la région qui trouvait grâce aux yeux de sa fille Jeanne, impressionnée par la prouesse : des cailloux et du maquis devenus nourriciers en quelques années. Lou, elle, s'en agaçait. Encenser un potager qui fournissait un restaurant clandestin, c'était une aberration, une concurrence déloyale, une illégalité désastreuse.

Toujours le petit bout de la lorgnette visant droit l'extrémité du sillon. *Aucun nombril ne fait horizon.*

— Je ne comprends rien, Oreste, quel rapport avez-vous avec Zineb ?

— C'est ma mère.

Devant la magnanerie, Laurent était seul, absorbé par ses éternels mots croisés face à son écran, assis sur la chaise roulante d'Isabelle qu'il adorait lui piquer.

— Collection de perles en huit lettres ? T'as une idée ?

De la mort de Jérôme, Lou ne lui parlerait pas. Le dire à quelqu'un, c'était admettre que c'était vrai, réel, définitif, ce qui n'était pas encore le cas, l'évidence prendrait du temps, et même n'adviendrait jamais tout à fait. Et puis Laurent se foutait de la mort de Jérôme qui l'avait pourtant régalé un nombre incalculable de fois.

— Tu pourrais m'aider, quand même ! Lou, en huit lettres !!!

— C'est pas le moment, Laurent…

— *Plus tard, c'est maintenant !* À partir de cinquante piges, tu ne dois penser qu'à ça, Lou, crois-moi : *Plus tard, c'est maintenant !*

Ça faisait bientôt cinquante ans que le vieux avait eu cinquante ans. Un paquet de temps pour méditer sa devise qui ressemblait à un koan zen.

Lou avait repris une cigarette. Elle était si lasse.

— Est-ce que tu sais quelque chose à propos d'Irina, Laurent ? C'est le moment de me dire. Elle achète du foie gras ?

— Ça va, Irina, c'est pas Don Corleone ! À propos de foie gras, si je leur faisais un tournedos Rossini, aux petits ?! Depuis combien de temps tu n'as pas mangé de tournedos Rossini, Lou ? Filet de bœuf, truffes, foie gras, cognac… je vais faire ça, je me défends encore, faut pas croire ! Tu viendras manger avec nous ? Moi, je peux encore croquer une pomme, alors que beaucoup, à la moitié de mon âge, peuvent à peine mordre une fraise, alors, s'il te plaît !

C'était Nour qui avait eu l'idée de la crèche. Au pays de ses parents, on n'abandonnait pas les vieux. Ensemble, elles avaient inventé un système d'accueil. Trois retraites payaient les frais et le personnel pour éviter le mouroir à trois nonagénaires. Les anciens appartements de Gabriel au rez-de-chaussée ne pouvaient trouver meilleure occupation, et la magnanerie, trop grande pour elles deux, meilleure animation.

— T'es la première à venir chercher tes clopes ici, Lou, t'es comme tout le monde. On ne peut pas obéir aux règlements ! Faut arrêter de nous gonfler avec le scandale du marché noir, on n'est pas sous Pétain. Bien bouffer, c'est notre vie ! C'est pas toi qui vas dire le contraire, Lou, on est pareils tous les deux !

Lou laissa tomber. Ils étaient pareils, insupportablement pareils. Mais lui s'en tirait toujours au mieux, et elle avait l'art de choisir la mauvaise place, celle où poussaient les galères. À l'armée, avec Nour, en taule, ça avait toujours été comme ça.

— Mais que je suis con ! En huit lettres : bêtisier, bien sûr !

Devant Oreste et Lou, les ravioles étaient disposées militairement sur la plaque d'inox couverte d'une mince couche de farine. Un peu plus loin, la sauce à la menthe et à l'ail embaumait le frais et se mêlait aux effluves de la purée de tomates à la viande en train de mijoter. Oreste déposait la farce à l'aide d'une minuscule spatule en petits monticules parfaitement égaux sur les soixante carrés de pâte. Lou les attrapait un par un et, du bout des doigts, pinçait la pâte en éventail pour la fermer sur la farce.

Amadouer la mort de Jérôme, ne pas réveiller celle de Nour. Ne retenir que la douceur de son amoureuse quand elle était partie, lumineuse, souriant aux anges, comme une dernière consolation à ceux qui restaient, un encouragement à survivre.

Lou et Oreste œuvraient en rythme et en silence. Devant les fourneaux, foin des bavardages, ce sont les mains qui parlent, les naseaux, les papilles. Mais Lou flanchait, tirée en arrière par les révélations d'Oreste. Ce qu'elle croyait avoir été jusqu'ici se tordait, grimaçait lamentablement. La patronne, la battante qui n'avait peur de rien n'avait en fait rien compris, rien vu, rien vécu, rien entendu.

Tu es si peu curieuse des autres, disait Nour, *c'est comme ça, tu te débrouilles autrement.*

Oreste avait connu Nour avant elle.

Oreste avait connu Jérôme sans elle.

Elle-même n'avait connu personne.

Lou apercevait derrière elle sa route à une seule voie, une seule direction, une seule vision, le nombril pour unique boussole. Une existence en aplat abstrait sans épaisseur. Quelques belles couleurs. Oreste lui avait raconté une autre vie, pleine de carrefours, d'affluents, de routes secondaires, auxquelles elle n'avait pas eu accès. Zineb et lui fuyant la Libye pour ne pas être vendus comme esclaves pendant que Nour quittait la Syrie pour le Liban. Nour et Oreste à sept ans, enfants sans enfance avec pour père l'exode, blottis l'un contre l'autre sur l'île de Lesbos, essayant d'oublier la peur, les tempêtes, les noyés de la mer cimetière où avait disparu la mère de Nour. Deux gamins collés au corps démesuré de Zineb, entassés, étouffés, écrasés sur des rafiots pourris, découvrant la France, la rue, retrouvant la misère. Oreste et Nour adolescents, élèves d'une école de cuisine pour enfants des banlieues. Frère et sœur. Une mère pour deux : Zineb. Séparés à dix-huit ans par leurs apprentissages, se retrouvant dès qu'ils pouvaient, veillant l'un sur l'autre par les fils numériques, doublant leur collection de saveurs et de secrets. Bavarois, baklava, frikadelles, haggis, bazeen. *Si toutes les recettes du monde pouvaient se donner la main.*

Des années plus tard, Zineb, installée en Provence, fomente un coup. Son ami Gabriel, propriétaire du *Mas des collines*, cherche un successeur. Elle en parle à Nour qui veut échapper à la région parisienne où Lou a le mal de vivre depuis sa sortie de prison. Les deux amoureuses entreprennent le voyage. La rencontre avec Gabriel est amicale. L'Orient rapproche la Syrienne du natif du Maroc. Gabriel a, comme Lou, des souvenirs cuisants de l'armée qu'il a quittée après avoir été blessé à l'épaule pendant la guerre d'Irak en 1991. Leurs cuisines se complètent et s'attirent, Gabriel apprend à Nour et à Lou mille recettes et tours de main. Puis Gabriel a quatre-vingt-cinq ans, il fatigue. Leur mentor sera leur bienfaiteur. Il adopte Nour, que Lou épouse. *Le mas des collines* est à elles.

Lou sait que Nour a eu contact avec Gabriel par un ami d'enfance mais elle n'a jamais essayé d'en savoir davantage. Zineb, amie de longue date de Gabriel, vient de temps à autre au *Mas des collines*, Nour parle avec elle de jardins, de bouturages, de greffes. Lou ne l'approche guère, ne se doute pas que la Libyenne est comme la marraine de Nour. Sa bonne fée. Elle ne voit rien. Elle avance dans son sillon. *Il n'y a pas que les chevaux et les mulets à qui il faille des œillères pour marcher droit*.

— Tu as de la peau de saucisson devant les yeux, Lou !!! disait sa mère.

Nour avait-elle voulu la punir de cette infirmité en lui cachant tout de son histoire fondatrice avec Zineb et Oreste ?

Quand, après la mort de Nour, Oreste s'était présenté, il n'avait rien dit non plus, et Lou n'avait rien demandé. Elle l'avait pris pour une journée d'essai, avait regardé danser ses longues mains d'ébène, noté son sens du timing, mesuré l'étendue de ses connaissances culinaires multipistes. Poulet mafé, pommes de terre farcies en millefeuilles, pannacotta, welsh rarebit. Ses détours et exils lui avaient peut-être tricoté une histoire qui lui tenait froid, mais son goût kaléidoscopique avait suffi à Lou. Il avait aussi l'avantage d'être pucé comme elle. Elle se méfiait de ceux toujours d'accord avec un monde de plus en plus timbré. Leur obéissance n'était que le carburant d'une cataclysmique fin de partie. Oreste et elle parias, condamnés à rendre compte une fois pour toutes d'erreurs passées, marqués par une minuscule cicatrice, grain de mocheté indiquant l'endroit de leur deltoïde où la puce électronique avait été insérée à un centimètre de profondeur. Quatre millimètres carrés racontant leurs forfaits d'éternels suspects. Tous deux enregistrés dans le fichier central, à la merci de n'importe quel bip de la police qui pouvait illico réciter leur CV. Du même bord.

Elle n'avait pas prévenu Oreste qu'il travaillerait sous les ordres d'une virée de l'armée ex-taularde. En cuisine, ce qui compte n'est pas dit. Il leur suffisait, chacun pour des raisons que l'autre ignorait, d'accommoder rencontres et souvenirs pour cuisiner des balades loin des quatre murs de la routine sans goût, sans parfum, sans consistance.

Dans la cuisine, le pas de deux bien rodé d'Oreste et Lou se poursuivait. Corps de danseurs d'opéra sans collant ni tutu qui suivent la cadence. Accord, abandon, souplesse, concentration. Cuisiner en duo, façon de baiser ou de danser le tango. Même portée de musique, même tempo, fantasmes qui s'emboîtent et fouettent l'imagination.

Les yeux picotés par les parfums du gandana, cette herbe solide proche de la cébette qu'elle avait découverte en Afghanistan, Lou retrouvait un peu de calme. Jérôme semblait encore présent. *Nourrir-mourir*. Quoi d'autre?

Le rituel de l'ashak, auquel elle s'adonnait une ou deux fois par an, lui redonnait des forces. Elle avait de temps à autre besoin de se confronter au pire et de se sortir du pire. Pour retrouver de l'élan. Afghanistan 2010. L'année de ses vingt ans. Ils étaient quatre, ils avaient trop bu, ils étaient cons, ils étaient malheureux, ils l'avaient prise au piège, dès qu'elle avait senti leurs mains sur elle, ses forces avaient décuplé, faible femme, non jamais, tripotée par leurs sales pognes, empalée sur leurs bites, pas question, elle s'était débattue, elle ne voulait pas être la pauvre petite, elle était une bête fauve, elle envoyait des coups de poing, des coups de pied, elle tirait profit de leur surprise, du temps mort que leur arrogance payait comptant, les mecs sont toujours stupéfaits qu'une femme se défende, c'est un atout à ne pas négliger, elle connaissait par chance leur bêtise, tant de morgue était un handicap à utiliser, surtout ne pas crier, chougner, se lamenter, ne pas perdre de temps avec ça, garder toute son énergie pour frapper, cogner, faire mal, attraper une oreille, s'y accrocher de toutes ses forces, un méchant coup de coude dans l'œil, elle savait comme tout le monde où ça fait mal, même les *sans queue*, les *à trou entre les jambes* savent que les mecs ont leurs faiblesses, il ne faut pas avoir peur, c'est tout!

Les nazes commençaient à taper fort, ils avaient

compris et sous les coups apparaissait sa puissance, elle en avait à revendre. À les viser des poings et des pieds sans vergogne, en fourrant dans leur chair le caoutchouc coriace de ses godasses, elle avait réussi à leur échapper, elle courait, elle filait dans l'obscurité, elle trébuchait et courait encore, les poumons en feu, elle entendait leurs cris de salauds derrière elle, ils allaient lui faire la peau, ils avaient peur maintenant, cette chienne était capable d'aller se plaindre, de les foutre au gnouf, et cette idée qu'elle partageait avec eux lui donnait des ailes, elle bondissait, ils allaient moisir en taule, elle sautait par-dessus des dénivellations, des trous, des bosses, sa cheville pliait, une décharge électrique lui montait jusqu'à la hanche, tant pis, la terre sèche roulait sous ses pieds, des cailloux volaient, elle avait du sable jusque dans les yeux, elle courait. Trempée sous son uniforme, puant comme un putois, et brusquement, elle était retombée en vol plané au fond d'un ravin, fracassée, épines enfoncées dans la peau, morve, sang et poussière lui barbouillant la bouille, elle était restée là des heures, sa jambe gauche lui gueulait des douleurs infernales, elle imaginait les os lui percer la chair, du sang lui couler dans les articulations. Là-haut, dans le désert de pierres et de sable, ses poursuivants couraient encore et criaient, puis plus rien. Elle ne bougeait pas, empêtrée dans son treillis, attendant d'en finir, claquant des dents dans la nuit glacée et les grondements du vent qui la recouvrait de sable et de graviers. Sa guibolle prenait toute la place, et elle ne voulait pas la laisser faire. Respirer. Oublier la douleur, la faim, la soif. Ne pas leur laisser la victoire, ne pas crever là, ce serait trop d'honneur pour eux, elle allait s'en sortir, les traîner au tribunal, ils allaient se manger la honte.

Pour se donner du courage, elle pensait à l'ashak offert par une vieille d'un village quelques jours plus tôt. Une vieille aux yeux de nacre sombre, si vieille qu'on n'aurait pas réellement su dire son sexe, sa couleur de peau cuite par le soleil. Ne restaient en elle que de l'humain bien compact et ses gestes magnifiques pour malaxer sa pâte. Ce qu'elle faisait là, assise en tailleur devant sa bassine, et que Lou revoyait magnifié depuis le ravin où elle était prisonnière, c'était un chef-d'œuvre, Michel-Ange et son plafond des merveilles, Lou y pensait, elle voyait le trésor, le humait pour faire taire sa jambe, les parfums de l'ashak enveloppaient la douleur de leurs vapeurs salivantes, les gestes de la vieille se mêlaient au plat fumant que l'inconnue avait posé devant elle, chaud et frais, salé et tendre, elle l'avait en bouche dans son ravin alors que sa sueur et sa pisse la faisaient puer comme une hyène, elle mâchait doucement, détaillait le miracle, le réinventait. Pétrir la pâte des ravioles, ciseler le gandana acidulé dont elle ne connaissait pas encore le nom. Elle avait tout vu et tout retenu, tout enregistré, elle avait toujours aimé ça, cuisiner, elle avait la mémoire des goûts, le sens des alliances, même gamine, bien avant d'imaginer en faire son gagne-pain.

Couchée dans un trou qui tenait du tombeau et à moitié couverte de sable, elle se prenait une flambée de vapeur vive en faisant revenir dans l'huile l'oignon, l'ail, le mouton haché et les pois chiches pour la sauce de tomates brûlante qu'accompagneraient yaourt frais, ail et menthe. Avoir ça dans les narines et sur la langue, alors qu'on est au fond du trou, déjà enterrée, qu'on va finir là à vingt ans dans les montagnes désespérées d'Afghanistan… ça vous sauve, ça vous maintient éveillée, on ne va pas mourir, on va reprendre le fil de la recette, plier les ravioles sur la farce, puis de la recette à l'assiette, on ressasse encore et encore la tendreté du pois chiche dans la sauce à la viande, on se jure de ne pas l'oublier, on laisse l'évocation vous fourrer dans la bouche un souvenir qui soulage votre estomac, estompe vos douleurs, on reprend espoir, on pourrait s'endormir en léchant un peu de yaourt à la menthe, mais on s'en empêche, ne pas aller trop vite, il faut profiter de ce moment : être enfin la somme, être tout à la fois, bébé qui tète au sein de sa mère, gamine qui croque une gaufre chaude collante de cassonade, ado goûtant sa première mousse au chocolat ratée. On tente de rassembler tout ce qu'on a été jusque-là, tous ces petits exploits qui vous ont donné goût à la vie et on trouve au petit jour le courage de grimper la pente hérissée d'épineux qui part en miettes, on s'accroche malgré l'éboulis qui vous dégringole dessus dès que vous prétendez bouger, l'eau de l'appétit sourd dans la bouche sèche et gomme la souffrance, l'excès de salive étanche la soif.

C'était tout ça, depuis, la préparation de l'ashak. Ressusciter à nouveau comme à vingt ans, se dégager de l'ornière, trouver refuge chez des paysans, puis regagner le camp.

Elle avait porté plainte contre les quatre salauds, ce qu'elle ne regrettait pas mais qu'elle n'aurait pas dû faire, car c'était elle qui avait été virée de l'armée, pas eux, elle s'était fait avoir, virée de l'armée, peut-être sa grande chance, sans cette injustice-là, elle aurait pu sauter sur une mine, disparaître dans une embuscade ou continuer à marcher au pas. En tout cas, elle n'aurait pas nourri les autres, elle n'aurait pas rencontré Nour, elle n'aurait pas été là dans la chambre froide à contempler les ravioles qui allaient régaler quelques chanceux aux deux services du lendemain, leur fourrer dedans ce qui allait diffuser ses bienfaits dans tout leur corps, les combler, les pénétrer durablement jusqu'à l'excrétion, les constituer même, et dans une étreinte bien plus puissante que le sexe. Jérôme était là, près d'elle. *Nous quittons les morts lorsque nous les rejoignons.*

Ferdinand s'était rendu à l'adresse de *Blanquette* après sa visite du potager de *La dive bouteille*. Jérôme Bouchard avait retrouvé vie dans le jardin de Zineb qui savait le chanter sans apitoiement, comme si la mort n'était pas une disparition, pas le dernier mot d'une phrase unique, mais la première lettre d'un livre sans barbu à la noix chargé de vous tendre ou pas la clé d'un nouveau merdier.

À écouter l'Africaine parler de *Blanquette*, de sa découverte passionnée de l'art des jardins, avec une affection sans chagrin, Ferdinand se mettait à croire à l'éternité de la matière, aux électrons vivant au moins soixante-six milliards de milliards de milliards d'années, mêlant pour toujours les vivants et les morts.

Alors que le soleil se couchait sur le jardin de *La dive bouteille*, Ferdinand se sentait pour une fois sur la Terre en train de tourner avec tous les Terriens autour d'un Soleil qui n'était qu'un des milliards de soleils de milliards de galaxies. *Du haut de cette immensité, quatorze milliards d'années vous contemplent.*

Pour la première fois depuis son arrivée dans le Sud, Ferdinand avait trouvé auprès de Zineb un repos salutaire. Encourageant. Avec elle, la lumière montait d'un cran. Elle donnait tout. Son regard, sa voix, sa force. Elle vous réparait. *Blanquette* s'était trouvé auprès d'elle qui incarnait la *bonté*. Ce mot désormais mièvre, désuet, anachronique, confondu avec celui de bienveillance, qui n'était qu'arrogance face à la bonté.

Ferdinand, qui aurait détesté vivre avant l'apparition des écrans, des drones et des alarmes 24 h / 24, qui aurait donné tout le vert, les oiseaux et les insectes pour garder l'aujourd'hui, le rationnel, le récent, les immeubles connectés, les voitures autonomes, les routes automatisées, aurait presque pu croire, au milieu des fruits et des légumes qui poussaient sur les débris et le décomposé, *pourriture-nourriture*, que *Blanquette* était retourné au début de la vie dans les germinations et grouillements obscurs. Le Parigot n'en était pas encore à penser que le paradis pouvait être un jardin, il n'était pas fou, mais pour un peu, il se serait penché pour humer le parfum des fleurs.

Il sonna à la porte d'une villa proprette et quelconque du siècle dernier. La logeuse, septuagénaire pimpante, le prit pour un flic quand il montra son badge.

— Il est arrivé quelque chose à Jérôme ? Cette histoire d'attentat à Paris, ça fait peur, forcément !

Elle n'aurait sans doute pas aimé savoir que des salopards avaient fait cuire son locataire comme au Moyen Âge les bourreaux ébouillantaient les faux-monnayeurs, et Ferdinand Pierraud ne tenait pas à lui déplaire :

— Rassurez-vous, il participe, dans le cadre des récompenses d'État, au concours du meilleur jeune cuisinier de France, mais pour accepter sa candidature, nous sommes obligés de faire une enquête.

— Il mérite, c'est un gars bien. Il a le cœur sur la main.

Vu ses pupilles dilatées par la gourmandise, le *gars bien* devait la gâter !

— Un jour, il nous a fait une charlotte aux framboises pour l'anniversaire de ma fille, c'est bien simple, dès la première bouchée, on a eu les larmes aux yeux.

Dans l'entrée du petit appartement, une composition rassemblait plusieurs photos grand format de pissenlits : feuilles, fleurs, sphères aériennes des aigrettes. Des salades croquantes et amères avec lardons, œufs durs et sauce moutarde, Ferdinand ne gardait pas un souvenir impérissable, mais il se revoyait enfant dans les champs de Bourgogne en train de souffler sur les dentelles nuageuses en faisant un vœu. Peut-être n'avait-il pas toujours détesté la verdure. C'était venu plus tard. Quand l'austérité avait trouvé place dans son assiette. Quand se mettre à table était devenu perte de temps. Quand il avait cru que vivre était une compétition. Quand il avait compris que son rêve de ne jamais devenir grand ne se réaliserait pas.

Au mur du salon, un grand tableau proposait trois visages fantômes un peu chinois baignés de lueurs vertes et jaunes, à la fois d'une grande délicatesse et d'une tristesse infinie. Dans la cuisine, le congélateur, plus grand que le réfrigérateur, était empli de toutes sortes de poches plastiques étiquetées. *Sauce coriandre-coco. Jus muscade-cannelle.* Dans un large tiroir sous le plan de travail, des dizaines de flacons d'épices rangés par ordre alphabétique : ajowan, badiane, carvi, fenugrec…

Une bibliothèque tenait tout un mur de la chambre. Un trentenaire qui possédait encore une bibliothèque de livres papier, ça ne courait pas les rues. Ferdinand s'était fait traiter de vieux schnock quand il avait programmé le transport de plusieurs caisses de bouquins en quittant Paris. *Mais pourquoi tu t'emmerdes avec ça, alors que tu peux lire tout ce que tu veux sur ton écran?* Il refusait de se justifier. Qui aurait pu comprendre qu'il s'était mis à lire pour fuir la virtualité toxique des jeux vidéo ? La lecture sur papier lui avait été prescrite par ses thérapeutes pour lui faire retrouver le contact physique avec un objet qu'on écorne, qu'on vieillit, qui a matière, poids, odeur, dans lequel on progresse en déployant la masse lue jusqu'à ce qu'elle prenne toute la place. Les livres l'avaient guéri de sa dépendance aux écrans. Il leur devait reconnaissance, ils l'avaient aidé à la fois à retrouver la réalité et à s'en évader. C'était inexplicable, seules les évidences se partagent. Entre Jérôme et lui, elles ne manquaient pas. *Les lectures d'un homme le disent davantage que ses paroles.* En interrogeant la bibliothèque de Jérôme, Ferdinand eut l'impression de retrouver un pote. Il penchait la tête pour lire les titres, choisissait au hasard, feuilletait, attrapait au vol une phrase soulignée, *La mort apprend à vivre aux gens incorrigibles*[1], un paragraphe repéré dans la marge, *J'ai mangé ta chatte comme une pêche / j'ai léché le noyau / le duvet enfermé entre tes cuisses / je t'ai sucée, mâchée / avalée / j'ai senti ton corps se tendre et se tordre comme / une mitrailleuse*[2]... *Blanquette* lisait aussi Brautigan, le signe ne trompait pas. *Je me souviens / d'une jeune femme / très belle / très comme il faut / lâchant / un pet / qui claqua / tel / un coup de feu.*

Ferdinand aurait pu rester camper au pied de la bibliothèque de Jérôme quelques jours comme au bord d'une plage ou au pied d'une montagne. Il se rappela un bouquin d'anticipation où chaque adolescent devait, lors d'une cérémonie initiatique, choisir parmi les morts un modèle dont il étudierait point par point le parcours, dont il partagerait les erreurs et les réussites, dont il suivrait l'exemple. L'idée lui avait plu. Les morts sont des partenaires idéaux. D'une indéfectible fidélité, plus faciles à approcher que les vivants, ils n'ont rien à cacher, personne à écraser pour réussir, et ils savent se taire. Prendre *Blanquette* en affection, en faire son mentor ?

Ferdinand entra dans le *cloud* de Jérôme, l'aspira sur son écran.

En partant, il rassura la propriétaire :

— C'est le plus doué, vous verrez !

1. Gabrielle Wittkop.
2. Charles Bukowski et Linda King.

Chez lui, il passa le reste de la nuit sur la toile. L'excitation le rajeunissait. Il revenait à ses premières amours et ses premiers excès. Découvrir Jérôme Bouchard était un jeu à suspense. Il retrouvait l'ivresse de ses débuts. Il était *Blanquette*, son copain, son double, son témoin. Lycéen sur une photo de classe. Apprenti expliquant, sur la vidéo d'une école de cuisine, une recette de massepain au sésame noir vue huit mille fois. Jeune professionnel interviewé par un site régional sur le choix des produits. Un nom dans des blogs élogieux, des guides gastronomiques reconnus. *Jérôme Blanquette* était bel et bien un as de la tambouille, Ferdinand ne s'était pas trompé sur la haute qualité de son ragoût !

Le dossier *Blanquette* s'emplissait de documents, de traces et d'informations, minuscule icône contenant les millions de signes d'une vie trop brève transformée en spectacle à sketches.

Voiture en mode silencieux, Pierraud et Janvier roulaient au pas sur un chemin de terre dans un bois de petits chênes verts d'où surgissaient quelques bouquets de pins. La cheffe glapissait dans son micro à propos du chargement de foie gras qu'il fallait recycler sans déclencher la hargne des commandos antigaspillage. Elle ramait décidément sur ce dossier et refusait de s'intéresser à *Blanquette*.

Quand il lui avait dévoilé son identité, elle avait haussé les épaules :

— Ben oui, Jérôme Bouchard, je sais bien, je

reçois les informations de la police, qu'est-ce que vous imaginez ?

Furax, il n'imaginait rien du tout, elle poussait juste le bouchon un peu loin en ne lui disant rien, en le laissant ramer tout seul.

— Il m'a régalée plus d'une fois, ce brave garçon. Très doué. Il travaillait les tempura mieux qu'un Japonais. Et ses tians de légumes, je ne vous dis pas !

Dehors, l'atmosphère avait une lourdeur de mousson, ciel-matelas entre cendre et ardoise. Ce temps de cochon était un avantage pour Ferdinand qui pouvait se passer de chapeau. Il pestait de devoir faire la chasse aux pique-niques dans les sous-bois plutôt qu'à l'assassin d'un gamin trop doué aux fourneaux pour mourir si jeune et qui commençait à exister : cuisinier d'un restaurant chic et cher tout proche, *Le mas des collines*, Jérôme Bouchard était sur le point d'installer sa propre affaire dans un haut lieu de l'agriculture alternative : la *Ferme 21*. Ferdinand s'était gardé de dire ce qu'il savait, même quand la Janvier lui avait passé un savon parce qu'il n'avait pas été foutu de trouver la piste de la fiancée du chauffeur hongrois : Moric Kovacs, un trans aussi hongrois·e que son jules, et qui travaillait au contrôle alimentaire dont il·elle avait déserté les bureaux sans demander son reste.

— Un collègue ! Enfin, pas encore titulaire, mais quand même ! Il paraît que 15 % du personnel de contrôle trafique à gauche à droite. Qu'est-ce que vous voulez, c'est tentant ! On a les informations, on voit passer toute la journée de la bonne marchandise, on n'est pas de bois !!

Le détecteur de mouvements s'agitait. Ferdinand percevait dans son casque un mélange de bruits de conversation et de fourchettes, la cible était proche.

— Ça y est ! s'exclama la Janvier.

Elle avança encore de deux cents mètres sur le chemin de terre, se gara sous des taillis et prévint son micro :

— Début d'opération. La transmission en direct sera établie dès le contact visuel.

— Bien reçu ! jappa une petite voix perchée. Point GPS repéré. Brigade sur les lieux dans neuf minutes.

Ils sortirent du véhicule et poursuivirent à pied, écrans au front prêts à enregistrer. Ferdinand n'en menait pas large. Pourtant, mieux valait être un moins que rien de contrôleur alimentaire plutôt qu'un flic. Ne pas avoir de flingue n'était pas un détail pour lui qui avait été quinze ans travailleur social dans des quartiers dont il avait appris à détester la violence. Dans sa nouvelle tâche, il ne risquait pas de descendre un type un jour d'énervement, la seule arme des contrôleurs était l'image, redoutablement efficace : un contrevenant enregistré en flagrant délit sur le filmier central était forcément convoqué pour les emmerdements.

Les bruits se rapprochèrent dans le casque de Ferdinand, la Janvier vérifia sa montre, déploya les doigts de sa main gauche. Cinq minutes avant l'arrivée des flics, c'était tout bon. Ils se planquèrent pour déclencher l'enregistrement, la Janvier derrière un rocher et lui derrière un pin.

Dans une clairière, près d'une camionnette, une

vingtaine d'hommes et de femmes, pour la plupart la cinquantaine et plus, étaient attablés autour de longs tréteaux nappés de blanc. Ça parlait fort à roucouler et s'exclamer, ça mangeait avec appétit en poussant des *hum* de satisfaction et personne ne semblait se soucier de l'orage qu'annonçaient au loin les grondements du tonnerre.

À chaque bout de la table flottaient les damiers jaune et blanc du drapeau des *Bouturonphiles du Grand Sud* – les deux couleurs caractérisant les amateurs de produits laitiers – dont la devise était écrite dans un bandeau entre paille et safran : *Les beurres, comme les amours, rendent tout meilleur*.

N'oubliant jamais de jouer la pédago, la Janvier lui avait radoté en long et en large la place prépondérante des *Bouturonphiles du Grand Sud*, la plus aristocratique des associations clandestines de gastronomes. Dans la modeste clairière, loin du pique-nique populo, tout était en effet luxe et raffinement. Nappe damassée brodée de blasons, flacons de cristal, couverts d'argent, porcelaines de Sèvres, on était ici entre notables à cheval sur les vieux principes. Pour devenir membre de cette société secrète, il fallait passer par un triple parrainage, subir des épreuves initiatiques très pointues et payer des capitations annuelles hors de prix. La Janvier qui était tombée dans la bassine d'huile d'olive quand elle était petite ne cachait pas son antipathie pour *ces réacs pervers*, comme elle disait, qui divinisaient le beurre au royaume des oliviers, double transgression sans doute indispensable au contentement de ces *peine-à-jouir*.

Pendant que la cheffe enregistrait les portraits des convives, Ferdinand filmait la profusion peu diététique qui s'affichait sur le témoin d'écran dans le creux de sa main. Les intitulés du menu filaient en sous-titres en bas de l'image. Un joufflu en chemise à jabot qui semblait sorti d'un Bruegel souleva une cloche d'argent, dévoilant un grand plat de grenouilles à l'ail, le must de l'interdit : outre l'abus de graisses animales pour les cuisiner, la simple ingestion de grenouilles, au chapitre protection des espèces, valait un retrait de trois points sur le permis de table. Le reste n'était ni plus léger ni plus autorisé, et le beurre était mis à toutes les sauces : avec ail et persil pour noyer les escargots de Bourgogne en coquilles, noir pour les raies aux câpres, blanc pour le turbot, mousseux pour les ormeaux, onctueux pour le risotto, et frais en mottes de baratte aromatisées à la truffe, au piment d'Espelette, aux algues. Ferdinand en avait le tournis, il se croyait plongé dans la collection de menus des XIXe et XXe siècles de son grand-père qui lui faisait apprendre par cœur quand il était petit le déroulé de gueuletons interminables qui lui donnaient mal au cœur : tourte de canard dijonnaise, brochet du Doubs en Bellevue, poularde de Bresse sauce suprême, jambon braisé au chambertin, salade mimosa, plateau de fromages, pièce montée mousseline bourguignonne, glace aveline…

Il zooma sur les victuailles sucrées qui recouvraient une petite table près de la camionnette : brioches, shortbreads et autres kouign-amann, que dominait une pyramide de caramels luisants, qu'il imaginait au beurre salé.

Alors qu'un grand type en costume de lin apportait deux cloches argentées protégeant un plat de pâtes au parmesan et un de soles meunières, ce fut brusquement le soir en plein milieu de la journée et une première goutte s'écrasa sur le crâne de Ferdinand, une seconde sur sa main, il rabattit la visière au-dessus de l'écran sanglé à son front alors que quatre policiers en armes surgissaient dans la clairière :

— Tout le monde mains sur la tête !!!

Les initiés obéirent et se levèrent tranquillement, le couple le plus jeune fit mine de s'échapper, mais l'homme à jabot, pas le moins du monde paniqué, leur ordonna de ne pas bouger. La pluie tombait dru, traversait les frondaisons et cinglait tout dans une pétarade qui tenait de la fusillade, l'eau tambourinait sur le visage de Ferdinand, ruisselait sous ses vêtements. Les bouturonphiles, trempés comme des soupes, étrangement calmes et dignes, se mirent gentiment en rang et suivirent les policiers. La Janvier avait expliqué en long et en large à Ferdinand que leur société initiatique comptait de nombreux avocats et magistrats qui ne manqueraient pas de trouver un vice de forme annulant les procédures. Les contrevenants n'avaient donc pas grand-chose à craindre, des amendes à la rigueur, qui ne les empêcheraient en aucun cas d'organiser autant qu'ils le souhaitaient d'autres banquets. La rafle et le flagrant délit devaient surtout fournir à la police criminelle des témoignages permettant peut-être de localiser le gros mafieux qui, mandat international aux fesses, avait des dizaines de morts sur la conscience et que plusieurs témoins avaient vu traîner dans le coin.

Ferdinand s'approcha pour filmer de plus près les restes du festin tournant au désastre. Les assiettes débordaient d'ordures informes qui filaient mollement sur la nappe maculée de gras, des rigoles transportaient le sable des petits-beurre, les escargots roulaient comme des yeux d'un monstre énucléé, et la pluie jouait sur cette débandade une musique cacophonique soulignant le gâchis.

— Coupez ! fit la Janvier.

Ferdinand arrêta l'enregistrement et vit sa cheffe soulever une cloche d'argent, attraper à pleine main dans un geste quasiment préhistorique une queue de homard décortiquée qui baignait dans son beurre safrané, puis la mordre avec détermination comme si c'était un cuissot de viande crue. Elle mastiquait bruyamment, laissant fuser sa satisfaction en soupirs et bruits de bouche, se foutant totalement de la flotte qui tombait sans faiblir et collait sa robe à sa peau jusqu'à la transparence. Malgré sa petite culotte à fleurs et son soutien-gorge en dentelle, elle était plus que nue, triangle de fourrure blonde épinglé à l'entrejambe, et le tissu tourné en cellophane cloquée soulignait son corps porcin, râblé, mais malgré tout ferme et appétissant. Ferdinand ne pouvait nier le petit effet gonflant que lui faisait l'ensemble et, pour se donner des airs décontractés, se concentrait sur la récupération de son écran sanglé à son front qu'il tentait de ne pas trop mouiller.

Le vent s'engouffra dans la clairière, bousculant les verres et une partie de la vaisselle, convoquant un nouvel orchestre. Ferdinand grelottait, des frissons couraient sur ses reins mouillés.

— Moi, je ne suis pas contre le fait que quelques acharnés fassent provision de vitamine A, antioxydant précieux pour la qualité de la peau, la vigueur du système immunitaire et la synthèse hormonale, claironna la Janvier.

Bruits de mastication, claquements de langue et autres grognements, elle adorait parler la bouche pleine, probablement pour emmerder Ferdinand qui avait horreur de ça. Elle se léchait les pouces, donnant de grands coups de langue sur ses paumes, suçotant ses doigts, embouchant chaque phalange, récurant chaque ongle, c'était dégoûtant. Puis elle ôta le bouchon d'une carafe de vin rouge qu'elle porta à sa bouche pour en boire une bonne rasade… Un vrai soudard ! Ferdinand détourna la tête, cette bonne femme ne pouvait pas lui plaire, non. Grosse, grossière… insupportable !

— Vous savez que les règlements draconiens sur les produits laitiers sont les plus mal vus par la population ? Que les dealers de camembert sont plus nombreux que les trafiquants d'héroïne ? Vous avez vu le monde aux manifestations contre l'interdiction du beurre non allégé devant les locaux du Conseil d'État et les pétitions en faveur de la libération du vrai beurre ? Il faut dire que la baratte hors de prix à ce point, c'est pas normal ! Il faut se mettre à la place des gens, mon petit. Comment ne pas en avoir marre de bouffer ces margarines végétales ! Je suis navrée, mais le beurre de coco au petit déjeuner, moi, je cale. Et le fromage ? C'est sacré, le fromage. Vu la créativité des Français dans ce domaine, les embêter sur ce chapitre, c'est de la censure artistique ! Se priver de camembert qui sent *les pieds du bon Dieu*, s'empêcher de manger à perpétuité des épinards au beurre… À quoi bon un tel sacrifice ? Je comprends la rébellion, pas vous ?

Ferdinand consentit un meuglement étouffé, il était hors de lui, elle continuait à bâfrer bruyamment, oui, il comprenait, tout le monde comprenait, les écrans avaient beau radoter le spectaculaire enrichissement des trafiquants de Beurre Œufs Fromages, rappeler l'origine de l'expression BOF pendant l'occupation allemande, la réglementation de plus en plus sévère qui aboutissait à une quasi-privation de ces produits passait très mal. Leur qualité et leur profusion avaient empli les Français de fierté et marqué si longtemps la richesse de leurs terroirs que les spécialités laitières gardaient une majorité d'adeptes réfractaires à la diabolisation du beurre qui encombrait les artères, les hôpitaux et les cimetières et apportait soi-disant un calcium beaucoup moins intéressant que celui délivré par les choux, les légumes verts à feuilles, les noix, l'eau et certains fruits !

— Je ne sais pas ce que vous en pensez, Ferdinand, mais l'ingestion de caséine a peut-être entraîné autant d'addiction que les drogues les plus dures et endetté considérablement la sécurité sociale à coups de maladies cardio-vasculaires, et alors ? Vivre coûte cher, ne dure pas toujours, et personne ne songe à protester contre ce scandale parfaitement constitutionnel !

Dans la clairière, la pluie s'était arrêtée. Le ciel gris se décousait et laissait échapper une bourre de lumière éclatante. Ferdinand attrapa une casquette dans son sac à dos, il fallait qu'il fasse gaffe, l'écran total dont il s'était tartiné le visage le matin avait dû être lavé par la pluie, et il craignait de se mettre à fleurir.

— On y va ?

Elle rebut une longue gorgée de pinard à la carafe, et il en profita pour la précéder afin de ne pas subir la vue obscène de son postérieur en représentation sous ses emballages opaques.

En entrant dans la voiture, il constata que sa braguette était ouverte, son slip mouillé témoignait de l'existence, sous le tissu, d'une population aquatique, algues et anguille. Il était temps de songer à la démission.

L'employé de banque en très gros plan avait des yeux si transparents que Lou croyait être devant un requin collé à une vitre d'aquarium. *Je suis désolé, mais pour un découvert aussi important, il faudrait un garant ou une hypothèque*. Le type radotait le même message depuis le début, pas la peine d'insister, elle cliqua sur *remerciementsfindumessage*, et le visage se noya dans l'eau trouble de l'écran.

Lou devait inventer quelque chose. Demander un coup de pouce à Vincent Bourguignon, son intermédiaire avec le groupe Desgrand ? Directeur de la société *Le mas des collines*, il était la seule partie… humaine du montage financier propriétaire des lieux, instance virtuelle dont elle n'avait jamais rien compris, et qui pouvait décider la banque à lui accorder un prêt à taux raisonnable. Elle appréciait la politesse de Vincent, ses attentions, même s'il était un de ces notables avec qui elle ne serait jamais partie en vacances. Famille connue dans le coin depuis des décennies, frère jadis député, fils à son papa qui avait gagné beaucoup trop dans le BTP.

Mais il l'avait démarchée après la mort de Nour. Patiemment. Aimablement. Bons dîners, petits cadeaux, encouragements. Il avait su la convaincre de vendre en restant à la tête du restaurant avec un bon salaire. Ne conserver que la partie artistique du travail, ne plus être débordée. Se libérer des contraintes de l'administratif, de la sécurité. Travailler dans un lieu doté des appareillages les plus récents, respectant les normes d'hygiène aussi draconiennes que celles imposées aux hôpitaux. Il appréciait la cuisine que Nour et elle avaient inventée ensemble, unique. Client assidu du restaurant, c'était le genre de type qu'on tenait par l'estomac ! Elle lui sortirait le grand tralala, un canard au mole, il raffolait de cette sauce au cacao qu'elle pouvait se vanter de réussir mieux que personne, elle lui promettrait de l'aki au poisson salé, l'amadouerait avec une parmigiana, nourrirait tous les invités qu'il voudrait d'un de ses grands atouts, le japchae, qui faisait sortir de la morosité les plus droopy des calvinistes : des nouilles de patate douce mêlées de bœuf, sésame, poivrons, coriandre. Elle l'achèverait avec une pavlova, un feuilleté pistache ou des profiteroles et le ferait craquer. Tout cuisinier exerce les pleins pouvoirs sur son mangeur.

Elle commença à tapoter son message. Vincent Bourguignon répondit aussitôt sous sa photo de profil qui proposait James Dean regardant l'objectif par en dessous comme pour le convaincre de l'aimer à la folie dans les siècles des siècles. Vincent écrivait vite, bleu foncé sur bleu clair. *J'allais vous appeler. Mes condoléances pour Jérôme.* Lou écrivait sa réponse, *Je voulais vous inviter à dîner*, mais il fut plus rapide qu'elle, *Épargnons-nous les formules de politesse. Desgrand a vendu la société à un consortium bancaire. Ils ont nommé un vérificateur, Albert Jeoffroy, qui risque de chercher la petite bête, soyez attentive, mais je reste le directeur de l'établissement et vous la responsable du restaurant, rassurez-vous.*

Albert Jeoffroy, l'ennemi de Gabriel, le rougeaud à cicatrice. L'emmerdeur qui avait l'art de compliquer les choses au lieu de les faciliter. L'écran était à nouveau gris, James Dean était reparti au paradis de sa jeunesse et Lou n'était pas rassurée. Ne plus compter sur Vincent, son aide, son attention ? La confiance que des partenaires se témoignaient jadis par des accolades, discussions, engueulades, sourires, mimiques, c'était fini. Tout interlocuteur était sans visage, sans voix, sans épiderme, sans souffle ni parfum, sans main tendue pour sceller un accord. Tout supérieur était Dieu réinventé dans sa désincarnation, présence invisible, Esprit tout-puissant dont quelques exaltés pouvaient espérer la miséricorde.

Desgrand, un groupe, autant dire du vent, l'avait vendue en même temps que l'ensemble hôtel-restaurant sans qu'elle le sache, et pourquoi pas, elle n'avait aucun droit, juste de faire ce pour quoi elle était payée : garder au restaurant sa réputation.

Lou ignorait tout de ce *consortium bancaire* prédateur du requin Desgrand qui lui avait acheté la propriété. Ce monstre devait être un animal effrayant d'énormité tenant de la baleine bleue. Trente mètres de long, plus lourd que des dizaines d'éléphants, doté d'un organe sexuel de trois mètres. Victime de son gigantisme, dinosaure condamné à grossir jusqu'à disparaître sous son propre poids, se foutant des désastres qu'il provoquait, dépourvu de manières et de sentiments, contrairement au magnifique cétacé qui, lui, possédait un cœur de six cents kilos.

Dans la salle de restaurant, la plupart des tables en étaient au café. La climatisation faisait un travail titanesque pour protéger la grande bulle vitrée d'une chaleur qui devait atteindre les 46. Une absurde machinerie de survie.

Dans la cuisine, Fatou et Josek s'affairaient à la plonge. Oreste et Bao faisaient place nette. Tous nés en dehors de l'Hexagone. Réfugiés et immigrés avaient toujours été majoritairement les collaborateurs de Lou. Leur sensualité et leur gourmandise lui avaient toujours semblé une puissante résistance à la dématérialisation du monde.

Brusquement, son écran afficha un désordre d'images et de sons confus. Patrick et Isabelle, affolés, trop près de la caméra, parlaient en même temps. *Fallait pas le dire / si, il a pas le droit / c'est dangereux / bien fait pour lui.* Dans le hachis d'interjections contradictoires, elle comprit que Laurent, qui n'avait pas mis les pieds dehors tout seul depuis des années, était parti faire les courses. Il n'était pas bien loin et clignotait en point mauve juste à côté du marché couvert du bourg voisin.

— Oreste, il faut que je vous laisse, je compte sur vous !

Dans la voiture, l'écran d'infos parlait bien davantage de l'attentat sur le marché parisien qui avait fait huit morts que des bagarres entre éleveurs et animalistes/antispécistes qui avaient lieu au centre-ville et qui mobilisaient de plus en plus de monde. Des associations hygiénistes s'étaient rangées du côté des défenseurs des animaux, rappelant la menace de fièvre aphteuse, de maladie de la vache folle et d'autres joyeusetés qui déclenchaient régulièrement des épidémies. Viandards et bouchers se joignaient aux éleveurs, et on comptait déjà douze mille manifestants prêts à en découdre.

Le massacre d'un troupeau de moutons à vingt kilomètres de la ville avait mis le feu aux poudres. On parlait d'une vingtaine d'ovins morts et d'une douzaine de blessés graves. Un carnage à la mitrailleuse qui rappelait les heures les plus sombres de la guerre alimentaire. Personne n'avait revendiqué cette tuerie. Les défenseurs de la cause animale prétendaient qu'on avait voulu salir leur image, les représentants des métiers de la viande assuraient que cet acte de violence inqualifiable était dans la ligne violente des extrémistes vegan qui se déchaînaient depuis des années pour nourrir les réseaux d'images intolérables et dégoûter les citoyens les plus raisonnables de la bonne chère.

L'entrée de la ville étant barrée par des cordons de police, Lou dut laisser son électrique, débloquer casque et gyropode à une station voisine, avant de se faufiler dans la foule vers le point mauve qui clignotait toujours au même endroit.

Les affrontements les plus violents avaient lieu devant l'hôtel de région, qu'elle contourna à vitesse maximale. Des voitures brûlaient le long de vitrines brisées, des discours hachés par le raffut des ambulances et des camions de pompiers grésillaient dans les haut-parleurs. La radio d'État diffusait des messages d'apaisement, appelant les citoyens au calme et à la dignité, le ministre de la Paix sociale rappelait qu'il ne fallait pas faire le jeu des extrémistes qui cherchaient à troubler l'ordre public pour prendre le pouvoir.

Laurent entra dans son champ de vision juché sur un container de poubelles de la place des Halles, poing levé et gueulant :

— Moi, à quatre-vingt-dix-huit balais, je vais pas me laisser couper l'appétit par des ronds-de-cuir, non mais oh ! Ma génération ne se laissera jamais mettre aux ordres !

— Descends de là, Laurent, s'il te plaît !

— Ne vous laissez pas faire ! Tout le monde a le droit de manger ce qu'il veut ! continuait le vieux qui prenait au sérieux son rôle de prêcheur.

Elle ne savait pas comment le récupérer sans risquer de le faire tomber. Un grand type costaud portant un brassard du service d'ordre municipal vint à sa rescousse.

— Bougez pas, je vais vous arranger le coup, ma petite dame ! Ça devrait être enterré, ce machin-là !

Le type disparut derrière la poubelle, laissant Lou interdite, Laurent ne méritait tout de même pas une punition aussi extrême ! Elle se rassura en voyant le container descendre doucement jusqu'à hauteur du sol. Laurent, qui ne s'en était même pas rendu compte, continuait à haranguer la foule alors que personne ne faisait attention à lui.

— Vous êtes tous jaloux, vous ne vivrez jamais si bien qu'on a vécu. Moi, j'ai le droit de dire que j'ai fait le boulot : j'ai duré !

— Ça suffit, Laurent, on rentre à la maison !

Elle le fit monter sur le gyropode devant elle, et il se mit à agiter royalement la main droite, saluant tout le monde comme un monarque ses sujets par la fenêtre de son carrosse, alors qu'il marmonnait fièrement entre ses dents :

— On les fait bisquer, je te dis ! Je fais ce que je veux, moi. Ils n'oseront jamais m'emmerder !

Évidemment. À partir de quatre-vingt-dix ans, hors jeu, un individu retrouvait tous ses droits, les autorités estimaient qu'à cet âge-là, si on ne respectait pas les règles de diététique, on allait directement au tombeau, ce qui était économique donc salutaire pour l'ensemble de la communauté.

— On ne peut pas se vanter de tout, Laurent !

Maintenant qu'elle était rassurée, elle était folle de rage contre lui, qui se foutait de tout, qui avait tous les droits. Effectivement, les baby-boomers, gagnants sur toute la ligne, s'étaient démerdés pour laisser les guerres à l'ancienne à leurs prédécesseurs qui avaient inauguré par dizaines de millions de morts le concept de *mondial* et donné en héritage à leurs descendants les guerres virtuelles, téléguidées, sans territoires ni frontières, qui tuaient les civils loin des militaires, frappaient à tous les coins de rue au petit bonheur la chance. La génération dont Laurent était si fier avait dilapidé les ressources, saccagé la planète, bouffé les réserves, laissant aux suivants trognons et racagnons. Plus de trente-cinq ans que Laurent touchait une retraite qui avait certes peu à peu rétréci mais dont elle ne verrait pas plus la couleur que la plupart de ses contemporains.

— Il est interdit d'interdire, bon sang, vous n'avez pas encore compris, depuis le temps ?! lançait le nonagénaire à la cantonade.

Laurent avait toujours satisfait ses propres caprices, n'avait jamais envisagé les choses autrement. Pas le genre de grand-père qui lui aurait raconté des histoires d'ours brun pour l'endormir le soir. Il n'avait manifesté aucun intérêt à l'adolescente à côté de la plaque qu'elle avait été, qui s'était retrouvée en taule une première fois à quinze ans, parce qu'elle avait foutu un coup de pied dans les couilles d'un CRS au cours d'une manif. Pas d'échanges, pas d'écoute quand elle avait décidé de suivre son chemin à lui en s'engageant dans l'armée à dix-huit ans, pas davantage lorsqu'elle s'était lancée comme lui dans la cuisine. Aucune aide quand sa fille, sa mère à elle, avait commencé à dérailler.

Ils mirent une bonne heure pour regagner la station de gyropodes à côté de l'électrique. Lou était fourbue. Laurent, content de lui, suivait toujours le fil de sa pensée :

— À mon époque, on s'intéressait à la politique, pas à ce que bouffait le voisin, personne ne crachait dans la soupe. Quand je pense à ce salaud qui, il y a vingt ans, a été élu député sous prétexte que son adversaire, un gars bien, avait écrit sur la tauromachie quand il était jeune, c'est grave, très grave ! Parce que le salopard, qui se prend pour Mussolini, il est président de l'Assemblée nationale maintenant. Mort aux vaches !

Oreste était seul et finissait les préparations du lendemain quand Lou le rejoignit aux cuisines. Elle le questionna aussitôt :

— Lorsque vous êtes venu pour l'embauche, pourquoi ne pas m'avoir dit que vous étiez l'ami d'enfance de Nour, que votre mère nous avait recommandées à Gabriel ?

— Un thé ?

Elle faisait la moue pour s'empêcher de gueuler, elle ne tenait pas à ce qu'il soit aimable, elle voulait savoir, elle en avait marre d'être laissée de côté.

Oreste déposa dans deux bols sombres de la poudre de thé, un matcha vert tendre qui fonça sous l'eau chaude et qu'il fouetta vigoureusement avec un chasen de bambou.

— Nour ne voulait pas qu'on parle du passé, ce n'était pas racontable.

Lou connaissait le goût du secret de son amoureuse. Sa folle énergie qui la portait vers le futur.

— Avoir faim, froid, honte de n'être rien ne se racontait pas. À quoi bon le dire et le revivre ?

Avec un hochement de tête, l'amorce d'une révérence, il tendit un bol à Lou, qui le prit comme une offrande. La mousse sombre au parfum de terre fraîche tournait encore dans l'obscurité de la céramique. Une planète.

Assis en face d'elle, Oreste contemplait la matière granuleuse de son bol posé sur sa main.

— J'avais hébergé un *sans-papiers*. Un Mauritanien qui n'avait pas vingt ans, un gamin de mon âge.

— Samba ?

Il planta son regard dans le sien. Ses yeux comme des clous.

— Oui, Oreste, Nour m'a raconté, bien sûr.

Samba. Le premier amour de Nour, qu'elle avait caché pendant des mois. Samba découvert par la police de l'immigration, arrêté, et qu'elle n'avait jamais revu. Dont elle ignorait s'il était mort ou s'il avait été renvoyé chez lui.

— C'est vous qui avez été arrêté à la place de Nour, n'est-ce pas ?

Oreste endossant la faute pour la sauver, emprisonné et pucé à vie pour un crime qu'il n'avait pas commis.

Il se taisait. Le bol luisait, couleur de terre et de feuilles tombées, humus devenu objet précieux.

— Oreste, ne me dites pas que c'est vous qui hébergiez un sans-papiers. C'était Nour ! Je vous interdis de nous prendre pour deux sentimentales à la con. Nour et moi étions au-dessus de ça ! Qu'est-ce que vous croyez, elle m'a tout dit, sauf que sa passion avait coûté cher à son ami d'enfance !

Oreste s'était sacrifié d'une façon plus honorable qu'elle qui avait tiré sur un timbré pour protéger leur entreprise. Tous les deux protégeant Nour qu'ils avaient pourtant perdue et portant l'indélébile cicatrice de ce souvenir.

Lou soupira. À travers la vitre, la salle de restaurant vide paraissait deux fois plus grande qu'à l'ordinaire, grotesque capsule cosmique. Comme mue par le ronronnement de la climatisation et de l'aération, elle semblait naviguer dans la nuit, sans odeur, sans chaleur et sans froid. Comme Lou qui n'éprouvait rien. Pas la moindre sensation. Elle approcha le bol de ses lèvres, un parfum âpre monta vers elle, la céramique était encore chaude dans ses mains, le liquide épais glissa entre ses lèvres et son palais, elle en avala l'amertume.

Jérôme était mort. Le meilleur des cuisiniers, le plus terrien des Terriens. Papilles en sismographes des goûts. Mains qui patouillent, pétrissent, décapitent et taillent, fouillent la chair, souillées de sang. Corps voué au glacial des chambres froides, à l'étuve des fours. Tympans sensibles au moindre grésillement, aux chansons des cuissons, au rythme des découpes. Naseaux baignés de parfums où repérer chaque note, chaque bémol, chaque soupir. Yeux éblouis par les robes des poissons, le cœur des légumes et des fruits, les métamorphoses au cul des marmites.

La disparition de Jérôme était le signe de la capitulation des sens, liens des vivants avec la Terre. Audition, toucher, goût, vue et odorat faisaient naufrage. Inutiles. Musique au mètre, bips, ronronnements de moteurs, voix synthétiques à fermer les oreilles. Yeux rivés aux écrans présidant à tout, nez vecteurs de maladies et de pollution protégés de gaze blanche, mains désinfectées dès qu'elles frôlaient quelque chose ou quelqu'un. Bouffe sans goût, hygiénique, écologique, morale et consensuelle, en pots, en gélules ou en poudres.

Dans ce monde désincarné, seul un cuisinier de la trempe de Jérôme tenait à la Terre, ventousé à elle par une sensualité à cinq branches, pendant que les habitants de la troisième planète du Système solaire coupaient le cordon ombilical qui les attachait au globe à noyau de feu et atmosphère respirable qui les avait engendrés. Prétexte à haïr toute différence, à affirmer ses certitudes pour les cogner à celles des autres, manger n'était plus qu'une arme de guerre. *Le monde prend fin quand la paix quitte la table et les cuisines*, elle n'en doutait pas.

Bientôt les humains ne seraient plus des Terriens et leurs descendants rescapés apercevraient de loin une planète bleue tournant autour d'une étoile moyenne dans la banlieue d'une galaxie moyenne.

— Tu vas goûter ça, et, crois-moi, tu vas jouir !

En l'absence d'Irina, Laurent avait repris son rôle de chef de cantine, lui qui avait nourri pendant trois décennies des équipages de frégates, sous-marins ou autres porte-avions.

— Sandwich de porc croustillant à la vietnamienne, menthe, scarole.

Un délice trop gras pour être honnête. Interdit de consommation à la plupart des citoyens. Il fallait un permis de table irréprochable pour oser le manger dans un lieu public sans risquer l'amende.

— J'avais préparé le cochon hier, mais il me manquait la scarole, c'est pour ça, j'étais bien obligé d'aller faire les courses !

Lou enviait son aïeul d'avoir gardé l'insouciance d'une époque où les hommes étaient des omnivores heureux de manger à leur faim après les privations dont leurs ancêtres leur avaient transmis les souvenirs. Pas ou peu de contrôles, de trafics, pas de peurs, de méfiances, pas de haine de l'autre qui ne mange pas pareil que soi, aucune bataille à livrer trois fois par jour. Laurent avait connu les marchés où l'on vendait des volailles vivantes, où chacun avait le droit de cultiver son bout de jardin, où l'on pouvait manger, boire et fumer autant qu'on voulait ! Il avait eu de la chance. Il n'avait pas vu disparaître la femme de sa vie à qui le tabac avait fait perdre tous ses points, mauvaise citoyenne qui ne méritait pas d'être soignée. Cette irresponsable avait refusé d'effectuer un stage pour sortir d'une dépendance qui faisait peser sur tous de lourdes conséquences financières.

Depuis, les choses avaient empiré. Un type de soixante-deux ans avait été arrêté au printemps parce qu'il fumait deux paquets par jour ! Son procès devait avoir lieu à l'automne et tous les fumeurs invétérés, soucieux de savoir à quelle sauce ils allaient être mangés, attendaient le verdict qui ferait jurisprudence.

— Laquage miel, soja, vinaigre, graines de roucou. Tu m'en diras des nouvelles.

Laurent, lui, n'avait souffert d'aucune terreur alimentaire. Même quand, à la retraite de l'armée, dans les années 2000, il avait repris un petit restaurant en Bretagne, il avait pu travailler tranquillement, sans système de sécurité sophistiqué pour protéger les frigos et les réserves du pillage. Son seul ennui avait été de perdre trois points de son permis de table parce qu'on l'avait surpris mangeant du poisson cru interdit de consommation depuis une bonne quinzaine d'années.

— Regarde mes dents, Lou ! Non mais regarde !

Il ouvrait grand la bouche sur des dents jaunes et usées, comme repeintes de faux bois. Lou devait tenir de lui son obsession de la nourriture, inscrite dans certains paragraphes des deux mille livres de cinq cents pages qui constituaient son séquençage ADN. C'était bien la seule chose que ce grand-père fantôme avait daigné partager. Il avait toujours eu d'autres chats à fouetter : ses navigations au long cours, ses trois divorces.

Issue d'un premier mariage, sa fille, la mère de Lou, avait vécu sans lui, et plus tard, sur sa lancée, sans mari ni concubin. Abonnée aux petits boulots, serveuse, vendeuse, entraîneuse, masseuse, tous ces métiers dont le féminin n'écorche la bouche de personne. Puis les crises s'étaient succédé, 2008, 2020, 2031, de plus en plus cruelles, de plus en plus submergeantes. Le chômage, la déprime, les cachets qui assommaient, la dégringolade qui s'accélérait. Inondations, coulées de boue et incendies, cataclysmes à répétition, le trop chaud, le trop froid, la montée des eaux et les virus libérés par les glaciers qui tuaient comme autrefois la peste. La peur, tout le temps, et la pauvreté au ventre. Des sigles en guise de salaire, RMI, SMIC, RSA. Lou qui grandissait, ruait dans les brancards, était arrêtée à quinze ans pendant les émeutes de 2005 en Seine-Saint-Denis. La mère en overdose d'échecs, le précipice qui approchait. À force, les neurones lâchaient, lui faisaient prendre le facteur pour son frère et le médecin pour un terroriste d'al-Qaida.

— Moi, j'ai deux bridges, mais pour le reste, c'est mes crocs, mon lapin ! Ils ne m'ont pas eu, moi, avec leurs smoothies, leurs pains de mie, tous leurs fast-foods de *mou manger* qu'à peine t'as fini t'as déjà faim !! Jamais ! Le *prêt-à-manger prêt-à-digérer*, tu sais ce que j'en pense, ça va avec le *prêt-à-penser* et le *bon-qu'à-obéir* qui ne seront jamais mes trucs !

Il était en train de poser des tranches de pain sur le gril :

— Profitons d'avoir des dents : je toaste un peu le pain, parce que le grillé va très très bien avec le beurre de sésame. Tu as vu ce pain ? C'est pas de la gnognote !

Lou regardait le pain pétri et cuit par Jérôme tous les jeudis dans le four du restaurant. De grosses miches de campagne qui duraient la semaine. Souples, sombres et denses. L'acidité du levain, le goût de la farine pour quart de seigle. Jérôme avait commencé par la boulange, le plus simple et le plus compliqué. La respiration du levain, le repos de la pâte, son levage. Tout à faire à la seconde. L'eau, le sel et la farine, sainte trinité ensemencée de bactéries et de pourriture pour que ça pousse dans le four. Jérôme aimait revenir à ce primordial. *Mangez, ceci est mon corps.*

— C'est le pain de Jérôme, Laurent, le meilleur qui soit.

— Ben oui, c'est chouette ! Pourquoi tu fais cette tête d'enterrement ?

— Il est mort.

Elle s'étranglait.

— Jérôme a été tué !

Laurent la fixait d'un regard incrédule, douloureux, désarmant. Sa bouche faisait la carpe hors de l'eau. Touché-coulé, il regardait son sandwich comme si c'étaient les précieux restes d'un être cher.

L'écran de Lou vibra.

— Allô, c'est Irina.

Vivante !

— Allô, Irina, oui ?

Plus rien. C'était un numéro inconnu, pas le sien. Elle le recomposa.

— Allô ?

Rien.

Lou, déçue, prit le temps de se réjouir de cette lumière qu'Irina avait fugitivement allumée dans cette journée d'obscurité. Elle aiderait Irina. Elle la savait tourmentée par une situation familiale difficile. Elle voulait faire venir son fils de Hongrie. Lou trouverait des solutions. *Tu consommes les autres, t'en as jamais rien eu à foutre de personne*, répétait son ex-mari. Elle lui donnerait tort.

Un bruit de hoquet la fit se retourner vers Laurent. La tête cachée dans les mains, il était secoué de sanglots, mouillant le bout de sandwich qu'il tenait entre ses doigts. Lou, désarçonnée, n'en revenait pas, il éprouvait du chagrin, lui qui n'avait jamais manifesté la moindre émotion, le moindre sentiment. Il releva la tête et la regarda, visage trempé. Pendant quelques secondes, ils restèrent les yeux dans les yeux, comme s'ils se reconnaissaient dans une même affection, comme s'ils étaient capables d'éprouver des sentiments l'un pour l'autre.

— Mais com...

Il interrompit sa question, Patrick et Isabelle faisaient leur apparition sur le pas de la porte, bras dessus bras dessous, propres et frais, souriants. Il sembla à Lou qu'Isabelle s'était redressée, l'angle que son torse formait avec le sol n'était plus droit mais à cent vingt degrés. Le couple passa devant eux fièrement et sortit sur la terrasse.

Laurent s'essuya les yeux d'un revers de manche, fonça s'asseoir dans le fauteuil électrique et se mit à valser, espérant un regard d'Isabelle, une insulte, un reproche, quelque chose, mais, agrippée à Patrick, l'ex-danseuse, imperturbable, regardait droit devant elle, et Laurent tournait de plus en plus vite en hurlant à tue-tête *le Danube bleu, tout bleu, tout bleu.*

Lou était soulagée d'avoir annoncé la mort de Jérôme, de l'avoir partagée, le morceau qui lui restait semblait moins lourd, et puis Irina avait appelé, elle revenait, elles fêteraient leurs retrouvailles, Lou avait besoin de se ressourcer à un corps, Irina était à croquer, elle allait la bouffer toute crue, quitte à être mordue tant pis.

Isabelle et Patrick s'étaient installés sur le canapé près du laurier-rose, toujours collés l'un à l'autre. Personne ne prêtait plus attention à Laurent qui chantait de plus en plus fort :

— *Le Danube bleu, tout bleu, tout bleu.*

Isabelle tournait vers Patrick un visage illuminé d'admiration, et Laurent arrêta sa valse, dépité :

— Tu les as vus, non, mais tu les as vus, ces deux débris, ils me narguent !

Laurent se leva du fauteuil et se dirigea avec une stupéfiante rapidité vers le couple, comme s'il allait casser la gueule à Patrick. Lou lui barra le passage à temps :

— Ça suffit !

Il revint s'asseoir tel un môme apeuré. Elle pensa au fantôme qu'il avait été pour elle et pour sa mère lorsqu'elles étaient enfants.

— Si tu continues, ça va être la maison de retraite et vu ce qu'ils vont te donner à manger, dans six mois t'as plus de dents, d'accord ? Vous vous tenez tous tranquilles, sinon, c'est soupe de légumes, yaourts de brebis et infusions de tilleul pour tous les trois !

Son écran vibra. Un chant de coq. C'était Jeanne.

— Je t'attends demain. Dix-huit heures.

— J'ai pas le temps, Jeanne.

— Tu vas le prendre. À six heures demain à la ferme, on a une petite visite de politesse à faire !

— Je t'assure, Jeanne, Jérôme est…

— Et t'as pas intérêt à me poser un lapin, sinon, ça va barder pour ton matricule !

Jeanne avait déjà raccroché. Avoir une fille pleine d'énergie et de détermination n'était pas de tout repos, mais Lou ne pouvait pas reprocher à Jeanne de n'être pas toujours une bonne fille. Elle-même était loin d'avoir été bonne mère.

— *Assassins ! Fascistes ! Bosses à caca !*

Ça se bousculait et ça gueulait de toutes parts, Ferdinand tentait de se frayer un passage dans la foule pour rejoindre la Janvier. L'attaque d'un camion par des locavores qui voulaient l'interdiction complète de tout ce qui n'était pas produit dans un rayon de trente kilomètres avait dégénéré.

— La table aux Français ! La table aux Français !

Vu le parfum qui embaumait l'atmosphère, le commando avait dû passer ses nerfs sur une cargaison de ces fruits découverts par Colomb à la fin du XVe siècle en Guadeloupe et nommés *pommes de pin* par les Anglais : des ananas.

— Bande d'orchidoclastes, on ne va pas revenir aux temps d'avant l'invention de la roue !!!

— En pleine saison des abricots, alors qu'on a encore des fraises et des cerises, on peut quand même se passer d'ananas, bon sang ! gueulait un vieux de sa fenêtre.

— Vous n'avez qu'à vivre d'amour et d'eau fraîche,

bande d'abrutis, et foutre la paix aux autres ! hurla une voix lointaine.

Au milieu des cris, Ferdinand reconnut la voix ferme et décidée de la Janvier :

— Ce camion a les autorisations requises ! Voyez un peu plus loin que le coin de votre assiette !

Malgré les slogans et les coups de sifflet, elle parvenait à garder le cap :

— Condamner davantage de migrants à l'exil est aussi un crime, et aucun crime ne diminue les gaz à effet de serre ! Ils ont droit d'exporter, en Côte d'Ivoire, bon sang !

— Pipeau !

— Ceux qui bossent là-bas crèvent la dalle !

— À mort les gros porcs qui s'en foutent plein les poches !!

Un peu plus loin, des tracteurs en ligne barraient la route, l'air de chars à chenilles couverts de banderoles : *PASSEZ L'ÉTÉ SANS SUPERMARCHÉ ! MANGEZ LOCAL, PAS INTERNATIONAL ! LIBÉREZ VOS ASSIETTES DES GAZ À EFFET DE SERRE !*

Saignant du jus des fraises et des tomates qu'on leur balançait, les types juchés sur les engins ressemblaient à d'effrayants blessés de guerre, ce qui ne semblait pas émouvoir un homme en trottinette très chic dans son costume connecté :

— Produire des ananas ici sans coût écologique exorbitant, c'est possible, suffit de se remonter les manches !

Les insultes se faufilèrent aussitôt dans la brèche :

— Flemmasses ! Bons à rien !

La pluie de projectiles encarminés tournait

mousson et un des chauffeurs s'écroula sous le choc d'une cœur de bœuf pas assez mûre pour exploser au contact.

— Non au carnet-carbone ! Non au carnet-carbone !

Le fameux carnet étant au cœur d'une querelle qui durait depuis des années, des pétards claquèrent comme des coups de feu et la clameur monta d'un cran. En 2031, un gouvernement écolo avait imposé à chaque citoyen un compte d'indice polluant permettant le calcul de taxes qui pouvaient être ruineuses. Des émeutes avaient alors éclaté partout contre des barèmes inacceptables. Les plus écolos n'étaient en effet pas forcément les moins pénalisés, les optimistes qui mettaient encore au monde des enfants étant les plus lourdement taxés, ce qui aboutissait à la mise en pratique d'une mesure du régime maoïste qui l'avait conduit aux pires exactions : la loi sur l'enfant unique, et la désastreuse référence avait contraint le gouvernement à faire marche arrière.

Quand il avait osé reprendre l'idée quatre ans plus tard pour freiner les désordres climatiques qui tuaient davantage que les guerres jadis, l'opposition s'était déchaînée, s'alarmant de la mort de la démocratie, appelant à la grève générale pour empêcher l'instauration de la dictature. Différents lobbies, avionneurs, camionneurs, importateurs, automobilistes, autoroutiers et fournisseurs d'énergie avaient réussi à faire reculer les autorités, mais l'absence de solution tournait à la tragédie. Tyrannie ou survie, la planète était de moins en moins bleue, et l'avenir de moins en moins rose.

Poussière, fumigènes, lacrymogènes, Ferdinand toussotait et trébuchait sur une salade d'ananas non épluchés très éloignée du carpaccio. Il dépassa une vieille qui suppliait :

— Poivre-café-épices, sauvons l'exception Marco Polo ! Laissez-nous nos papilles !

Un groupe partant à l'assaut des gendarmes entonna l'hymne national :

— Aux armes, citoyens, formez vos bataillons ! Mangeons ! Mangeons !

Ferdinand aperçut enfin la Janvier, minuscule au milieu d'un groupe de jeunes militants. Elle ne manquait ni de courage ni de pugnacité, le goût de la tchatche lui servait d'armure, Ferdinand avait tort de croire qu'elle ne prenait pas son métier à cœur, elle agissait toujours comme une casque bleu du manger raisonnable, combattante de la paix alimentaire, et son entrain restait intact :

— Soyez réalistes. Les produits doivent circuler raisonnablement. Nous ne pouvons pas vivre en vase clos. Vous en seriez encore aux rutabagas sans les patates, tomates, haricots et j'en passe. Emmerdez vos députés, et allez voter, ce sera plus futé !

Les gendarmes parvinrent à dissiper la foule pour laisser passer le camion attaqué et dégager le carrefour.

La Janvier retrouva sa voiture quelques mètres plus loin et Ferdinand réussit à ouvrir la portière au moment où elle s'installait derrière le volant.

— Chapeau, dites-moi, vous n'avez peur de rien ! osa-t-il.

— Sauf d'en étrangler un pour me calmer les nerfs ! Si vous aviez vu comment ils me sont tombés sur le paletot, tous plus remontés les uns que les autres.

— Quel sang-froid !

— Je vous préviens, faut pas me chercher ! Quand je suis contrariée, je mords et ça peut faire très mal !

Elle slaloma quelques minutes au milieu du rassemblement, attentive et crispée. La foule était moins dense, ce qui semblait assombrir l'atmosphère. Chagrin et désespoir avaient remplacé la colère. Assise au bord d'un trottoir, une adolescente aux cheveux en brosse pleurait à gros bouillons. Un homme agenouillé mains jointes priait face au monument aux morts de la guerre de 14. Plus loin, une grande pancarte murait trois fenêtres : *RÉVEILLE-TOI, BOCUSE, ILS SONT DEVENUS FOUS !*

— J'en ai ras le bol, Pierraud !

Pour la première fois, la Janvier se laissait aller au découragement, et sa voix faisait des vagues. Elle reprit de l'élan à la sortie du bourg, quand elle put enfin accélérer sur la route dégagée.

— Tenez, regardez-moi ça, Pierraud ! Si c'est pas mettre de l'huile sur le feu !

Elle fit défiler sur l'écran du tableau de bord un montage de caméras de surveillance : dans la chambre d'hôpital, une silhouette chapeautée aidait Elöd à se lever et à sortir. On retrouvait le couple dans les entrepôts de saisie en train d'embarquer le chargement de foie gras, et Ferdinand reconnut la compagne du Hongrois : le ou la fiancé·e d'Elöd qui travaillait au contrôle.

— Moric, ou Morice, qui faisait équipe avec Pithiviers, et qui n'est peut-être pas pour rien dans la décision du pauvre gars de nous quitter ! Mais Pithiviers refuse de parler. Je n'y comprends rien ! Une de mes amies très chères a été verbalisée par le duo il y a quelques jours et ne trouve aucune trace de l'amende et de l'avertissement sur ses comptes, alors que pour des histoires idiotes de conduite en état d'ivresse, elle n'a plus qu'un seul point sur son permis de table !

L'amie très chère, était-ce Edwige, la mignonne à mèche rouge et peau de lait qui la baladait en scooter ? Ferdinand la visualisa un instant en état d'ébriété. Elle devait rire fort à en pleurer. Un coup à le faire replonger en adolescence.

— Je suis ravie pour elle, qui est encore plus gourmande que moi, mais quelqu'un a dû faire peur à Pithiviers pour qu'il efface le contrôle. Curieux, non ? Ce Mauricette ne me dit rien qui vaille.

Les paysages défilaient derrière les vitres de l'électrique, campagne tranquille d'avant les cultures industrielles dont les proportions balèzes semblaient avoir été calculées pour choper l'attention. À croire qu'un peintre avait bossé sur le concept, disposé un rectangle de lavande à cet endroit pour éclairer de mauve un coin du tableau, peint les bouffées bleutées des oliviers alignés en terrasses, planqué une route derrière des platanes, natté les collines de vignes. La toile grand format était enjolivée par un voile de chaleur. Le tableau de bord affichait 42 à l'ombre. Ce qui n'était pas le pire : certaines régions de l'Hexagone enregistraient du 47.

Ferdinand sentait bien que le territoire qu'il n'en finissait pas de traverser depuis son arrivée était une piste à emprunter pour comprendre la mort de *Blanquette* et les rebondissements improbables du trafic de foie gras. Dans la plupart des films, le décor est un personnage principal.

Chez nous, nous n'avons d'industrie que l'agroalimentaire, l'avait prévenu dès son arrivée la Janvier. Cette particularité ne lui semblait pas qu'un détail. L'importance des plaisirs de table et de cuisine dans cette région aiguisait des appétits probablement bien éloignés des fourneaux. Au-delà des trafics et rivalités ordinaires, une menace flottait qu'il ne parvenait pas à identifier, et qui restait suspendue, comme un mot sur le bout de la langue.

— Ce n'est pas parce qu'on ne comprend rien qu'on n'avance pas, Pierraud, j'ai l'habitude. Ce·cette Moric·e a une cousine qui travaille pour Lou Madec, la cheffe du *Mas des collines*, et, avant de l'interroger, je veux prévenir son employeuse, qui est un peu spéciale ! Malheureusement, c'est le jour de fermeture du restau, on ne risque pas de se taper un bon gueuleton, vous n'avez jamais de pot, Pierraud, il va falloir que je m'habitue. Lou nous aurait régalés, elle me gâte toujours, je sais faire honneur à ce qui est bon, moi !

— Sans blague ?

— Ne soyez pas amer tout le temps, Pierraud. C'est un quatre assiettes, on a même droit à des truffes, et j'adore ça. Petite, j'en ai mangé tout mon saoul. *Le chocolat du pauvre*, mon arrière-grand-mère appelait ça ! Quelques copeaux sur du pain frais beurré, je ne vous dis pas !

Comme pour reposer sa voix qui avait tout de même beaucoup travaillé, elle alluma l'écran d'infos. On y voyait Vanessa Paradis, soixante-douze ans, et Kristen Stewart, cinquante-quatre ans, interviewées pour leurs rôles dans un film coréen.

L'image du couple ressuscita tout à coup l'enthousiasme de la Janvier :

— Elles n'ont plus l'âge d'être jeunes, mais elles sont encore belles, hein ?

Selon certains fils d'actualités, les deux vedettes vivaient le grand amour et s'apprêtaient à adopter un enfant. Il n'en était pas plus question ici que du film. On préférait interroger Vanessa Paradis sur la marque de vêtements connectés qui l'affichait sur tous les écrans de la planète en compagnie de son arrière-petite-fille âgée de douze ans. Suivait le jingle de la campagne publicitaire, qui, sans conteste, rapportait beaucoup plus à Vanessa que son cachet d'actrice.

— Pour le foie gras, soupira la cheffe, j'espère que vous avancez, parce que j'en ai marre. Ils ont certes bien fait de nous débarrasser de cette foutue cargaison dont on ne savait que foutre ! Mais tout de même, on ne peut pas se laisser marcher sur les pieds comme ça !

— Je peux en tout cas vous dire que ce n'est pas un sanglier qui a provoqué l'accident d'Elöd.

— Allons bon ! dites-moi ce que vous avez sur le cœur, Pierraud, sinon ça va me rester sur l'estomac.

— Selon les flics de la circulation, il n'y a aucune trace de la bestiole sur la camionnette ! L'accident est probablement un banal épisode d'une guerre entre trafiquants. Le véhicule semi-autonome que conduisait Elöd ne se fabrique plus, et pour cause, il était trop facile à téléguider. Pour le faire capoter, il suffit au premier informaticien venu de choisir une portion de route peu fréquentée, et clic ! L'engin se couche, mais ce jour-là aux pieds de deux chasseurs qui transportent le sanglier qu'ils viennent de tuer. Les deux braconniers, préférant avoir affaire aux contrôleurs alimentaires qui ne s'encombreront en aucun cas d'un sanglier, les préviennent qu'un camion transportant de la bouffe clandestine s'est renversé, et vu le monde dans ce champ d'abricotiers – les chasseurs, nous, l'ambulance, les flics de la circulation –, ceux qui ont provoqué l'accident renoncent à récupérer le chargement.

— Votre histoire tiendrait la route même si c'est un peu tiré par les cheveux, mais ce n'est pas comme ça que vous allez prendre du galon, je vous préviens ! Ici, on n'aime pas ceux qui cherchent midi à quatorze heures.

Elle se tapota les cuisses joyeusement. Elle ne perdait jamais longtemps l'atout de la bonne humeur, Ferdinand ne pouvait pas se plaindre.

La voiture s'engouffra dans un parking souterrain électroniquement bien gardé. Code, capteur digital. Planqué dans le paysage, à demi enterré sous les jardins, l'hôtel, petit chef-d'œuvre d'architecture écologique, épousait la pente de la colline.

Dans le hall qui couronnait la partie la plus haute du terrain, une alternance de vitrages et de moucharabiehs de plâtre blanc dévoilait une vue à trois cent soixante degrés. Au milieu des pelouses, massifs de fleurs et oliviers, on devinait les ouvertures discrètement aménagées en puits de lumière des suites et des chambres. De partout, l'œil n'enregistrait qu'une perfection publicitaire. Aucune autre habitation à la ronde. Sauf, dans le lointain, quelques maisons floutées par la chaleur blotties autour d'un clocher.

— Bonjour !

Ferdinand se retourna sur Lou Madec. Le genre qui vous éclabousse la première fois qu'elle entre dans votre champ de vision. Aussi grande que lui, mince et épaulée, un poil cosmonaute dans sa salopette blanche, des cheveux bleus et ras pour qu'on sache d'emblée qu'elle n'obéissait pas aux standards.

Son regard laser l'épingla comme un papillon sur son carton d'observation et il recula d'un pas, ce qu'il regretta aussitôt, il n'était décidément pas souvent d'accord avec lui. Elle non plus d'ailleurs. Cuirassée. Pas à l'aise. Trop raide. Il se demanda si elle était toujours comme ça, en représentation et costumée, planquée derrière son look.

— Bonjour, je suis navrée de vous embêter un jour de fermeture, minauda la Janvier, usant de son côté geisha, je vous présente notre petit nouveau, Pierraud.

Le système nerveux sympathique du *petit nouveau* lui dilata les vaisseaux sanguins du visage, et sa rage ne minimisa pas le phénomène qui le rendait pivoine.

— Je lui ai dit tout le bien que je pensais de votre travail.

La grande bleue se contenta d'un rictus qui signifiait vaguement *enchantée*, et surtout *pas de salamalecs, allons-y*, et Ferdinand nota que sa cheffe était tout miel :

— Pour Jérôme, je suis navrée, toutes mes condoléances, j'appréciais beaucoup sa cuisine, malheureusement, nous ne sommes pas chargés d'enquêter sur son assassinat. Vous auriez dû être convoquée par la police, mais ils sont débordés avec l'attentat à Paris.

Lou Madec faisait la gueule dans le hall de l'hôtel chic en compagnie de redresseurs de torts pas très valorisants pour elle :

— Donc ?

— C'est plutôt une histoire de foie gras qui nous amène ici. Un trafic entre la Hongrie et la France, et nous souhaitons interroger quelqu'un qui est à votre service.

— Irina est en congé.

— Bon, je vois que vous êtes au courant, ça me rassure. Ça m'embête qu'elle soit absente ! Nous n'avons rien contre elle, au contraire, nous avons besoin de renseignements sur son·a cousin·e Moric, ou Morice.

La grande bleue se contenta d'une moue signifiant que l'individu en question ne figurait pas dans son répertoire. La Janvier, moins mordante que d'habitude, pour une fois dans ses petits souliers, intimidée, ou séduite, n'insista pas, laissant la Madec se ressaisir.

— Anna, je viens d'apprendre la mort de mon second, ce qui est un peu compliqué pour moi, soyez gentille de m'épargner les histoires de famille de mes employés.

Sa voix était rauque et basse, plus usée qu'elle, une voix qui aurait pu appartenir à une vieille chanteuse de blues abusant de cigarettes.

Refusant de partir sans avoir ouvert la bouche, Ferdinand tapota son écran avant de le tendre à Lou.

— Vous connaissez cet homme ?

Elle regarda la photo, imperturbable, puis, sans le quitter des yeux :

— Un client de passage qui s'est montré un peu tatillon il y a quelques jours, et que j'espère ne pas revoir trop souvent.

— Albert Jeoffroy. Il était en affaires avec Jérôme.

— Mauvaise idée d'être en affaires avec un monsieur que je ne lui aurais sûrement pas recommandé !

Janvier tenta de détendre l'atmosphère en désignant Ferdinand d'un signe de tête :

— Faites gaffe, notre nouvelle recrue est un transfuge de la DGSE, il sait tout sur tout. On ne peut rien lui cacher.

La cheffe du *Mas des collines* n'avait pas envie de rigoler. Elle était ailleurs, visage fermé, regard dur. Ferdinand se demanda sur quel sentiment elle avait baissé le rideau : chagrin, lassitude, désarroi, rancune envers un employé qui s'apprêtait à la quitter après neuf ans de bons et loyaux services ? Il aurait aimé savoir de quelle façon *Blanquette* lui manquait. *Les morts gouvernent les vivants.*

Quand Janvier et Pierraud quittèrent l'hôtel, la Janvier resta silencieuse. Avec un peu de chance, Ferdinand pouvait en déduire qu'elle réfléchissait.

— C'est qui cet Alfred je-ne-sais-quoi ?

— *Albert Jeoffroy. Facilitateur financier*. Il travaille aujourd'hui pour un groupement bancaire qui vient d'acheter *Le mas des collines*, justement.

— C'est pour ça que notre nénette faisait la gueule ?

— Peut-être. Mais ça ne change pas forcément quelque chose pour elle qui n'est plus propriétaire depuis plusieurs années.

— J'ai eu du mal au début avec vous, mon petit, mais finalement, je vous apprécie, parce que moi, rester le cul sur une chaise, rien à faire, je préfère des positions plus dynamiques !! À l'époque où on payait les gens pour qu'ils fassent des enfants, mon grand-père était fonctionnaire aux allocations familiales, et il n'a pas duré. Le manque d'exercice est très mauvais pour la santé ! J'ai du bol d'être tombée sur un gars aussi porté sur le virtuel ! Moi, je ne suis pas très dématérialisée, comme fille.

Elle se mit à rire. Sûr qu'avec ses formes d'ours en peluche et ses appétits de boulimique, elle n'avait rien d'abstrait pour elle. Elle en gloussait encore lorsqu'elle s'arrêta sur une placette où subsistaient quelques platanes aux branches enlacées.

— Je vous laisse le volant et je compte sur vous pour que vous me racontiez la suite de l'histoire.

Elle se dirigea vers le scooter électrique à trois roues jaune poussin où Edwige l'attendait. Casquée, celle-ci lui fit un geste amical de la main. Le cœur de Ferdinand se serra, preuve qu'il en avait un, et capable de changements de rythme lorsqu'il imaginait la cheffe enchaînant des positions dynamiques avec la jolie motarde qui aurait pu lui plaire s'il avait été moins habitué depuis l'adolescence aux applications à romances qui le dispensaient de toute obligation.

Les placards à légumes trop étroits n'étant pas accessibles aux jardiniers, les drones se faufilaient entre les rangs pour repiquer, vérifier et ramasser les laitues, les scaroles, les rougettes. À l'étage du dessus, dans d'autres armoires, poussaient des carottes, des radis, des haricots. Au sous-sol, les ordinateurs régulaient humidité et fertilité. Le montage très rythmé et une musique de Satie accentuaient le côté magique du ballet qui avait tout pour plaire à Ferdinand : mesure et contrôle loin de l'humus et de ses grouillements.

De deux doigts patinant sur l'écran, il envisagea l'extérieur du bâtiment, cinq cents mètres carrés au sol sur une hauteur de douze mètres, l'équivalent de trois étages, façade et toit végétalisés, entouré d'une forêt d'enseignes – supermarchés, bio boutiques, parkings, sièges sociaux.

Albert Jeoffroy, cet expert financier qui ne lui plaisait pas davantage qu'à Lou Madec, était également directeur de cette ferme verticale et échangeait des messages avec *Blanquette* concernant la future installation de son restaurant, à cinq kilomètres à vol d'oiseau, dans la *Ferme 21*, exploitation modèle d'un autre genre dont le site vantait des techniques plus traditionnelles et plus écologiques : cultures sans pesticides, récupération de l'eau et irrigation, utilisation d'énergie solaire, thermique, voltaïque, éolienne, biogaz. Rien n'était oublié. Assolements draconiens, protection des oiseaux et des abeilles, compostage, poulaillers agréés sous les tout nouveaux boucliers de protection contre les oiseaux migrateurs, acclimatation de fruits exotiques. Très pédagogique, le site explicitait chaque activité. *Élevage de lombrics : ils possèdent quatre cœurs, trois paires de reins, respirent à travers leur peau et leur poids total sur la planète est vingt fois supérieur à celui des hommes. Les sols privés par les pesticides du travail pharaonique de leurs médicaments sans pattes qui aèrent l'humus, le brassent, le remplissent de leurs déjections – entre 40 et 600 tonnes par hectare et par an – deviennent imperméables et provoquent des inondations dramatiques…*

Ceux qui prétendaient que les jeunes ne se bougeaient pas les fesses pouvaient aller poser les leurs ailleurs. Sept ans plus tôt, alors qu'ils avaient vingt et un ans, Jeanne et Cyril (le site n'indiquait que leurs prénoms) avaient acheté une vaste propriété agricole devenue *grand prix de l'Exploitation modèle 2042* et *Oasis nationale 2043.* Dans ses interviews, Jeanne parlait trop vite avec conviction et autorité. Aucune photo, aucune parole de Cyril, dont on disait qu'il n'avait pas quitté la propriété depuis leur installation, même pas pour le village voisin.

Ferdinand comprenait l'envie de *Blanquette* de travailler avec ces *plus jeunes que lui* qui ne devaient pas manquer d'optimisme. Décider que la planète n'était pas foutue promettait du pain sur la planche ! Au *Mas des collines*, Jérôme ne pouvait espérer qu'une carrière, ce qui, pour un lecteur de Bukowski et de Brautigan, ne devait être qu'une réserve de cailloux. Il visait sans doute beaucoup plus haut : œuvrer à la réconciliation de la nature et des hommes, Zineb l'avait formé pour ça, mais il devait ignorer que les comptes de sa future structure d'accueil se portaient au plus mal.

Intrigué par la composition du groupe financier, le fameux *consortium*, à la fois nouveau propriétaire du *Mas des collines* et majoritaire dans la société d'exploitation de la *Ferme 21*, Ferdinand s'offrit un tour du monde, de Séoul à Zurich, de Singapour à Francfort, d'Andorre aux îles Caïmans, de Bogota à Tokyo. Des filiales, groupes d'investissements et fonds de pensions de toutes nationalités qui partouzaient allègrement et engrossaient leurs océans de fric…

S'étirant dans un grand bâillement, Ferdinand se ressaisit en voyant l'heure : happé par l'écran, il était resté cinq heures à surfer ! Gaffe, ses vieux démons le rattrapaient !

Il arriva à la *Ferme 21* par l'entrée publique vers six heures du soir. Un magasin de vente directe des produits abrité dans un bâtiment en bois couvert de panneaux solaires accueillait une vingtaine de clients. Il se gara au bout du parking, pas loin d'un attroupement et s'en approcha. Deux nanas habillées de vert jetaient des épluchures dans des cuves aux trois quarts enterrées où batifolaient à profusion des vers de terre, un monde à l'opposé du rationnel hors-sol de la ferme verticale. Les gamins piétinaient de joie et d'effroi devant les vigoureux tortillons qui grouillaient dans les épluchures et le terreau humide, pressés de bien se nourrir pour sauver la planète. *Bonjour, amis de la Terre, les lombrics vous souhaitent la bienvenue.*

Le ciel nuageux ne laissait passer que quelques éclats de soleil, Ferdinand avait une chance à saisir : derrière le véhicule des nanas nourricières du zoo miniature, la clôture était ouverte. Il hésita, se faufila discrètement jusqu'à un champ de cerisiers, puis s'enfonça dans une pinède.

Des serres, des abricotiers, des champs de fraises, des lignes de cyprès, des jachères rouges de coquelicots, Ferdinand ne voyait pas de fin à son expédition. L'exploitation était trop grande, pas rassurante comme avait pu lui apparaître le potager de Zineb, mais la peur est l'ennemie n° 1 de l'intelligence. Il n'avait pas le choix. Il voulait en savoir davantage sur l'installation de *Blanquette* aux manettes d'une *guinguette gastronomique* quelque part dans ces deux cents hectares.

Comme dans le jardin de Zineb, les insectes, les oiseaux et les papillons abondaient, Ferdinand avait l'impression de traverser un documentaire vieux d'un siècle sur les amours torrides entre les végétaux et les insectes. Les cigales, du moins les mâles, qui, les pauvres, venaient de passer des années sous terre déguisés en larves, actionnaient comme des fous leurs cymbales pour appeler les femelles à prendre du bon temps avec eux – ceux qui prétendent qu'elles chantent doivent être privés d'oreilles ! 265 millions d'années qu'elles existaient, les cigales, autant dire 264 millions d'années et demi avant l'apparition de l'homme de Neandertal. Effrayant entêtement à durer lorsque l'on y songeait, ce qui était une très mauvaise idée, l'épaisseur effroyable des temps cosmiques est usine à angoisses, sauf pour Zineb peut-être, qui semblait à Ferdinand d'une enviable positivité face au vide de l'Univers.

Du sommet d'un champ, il aperçut une maison en bois et verre entourée de petites éoliennes. Il approcha. Une porte-fenêtre était ouverte. Aucun meuble. Des tatamis au sol, une calligraphie au mur, des portes coulissantes en papier d'un côté, de l'autre, une ouverture large sur une autre pièce à tatamis. Quelqu'un faisait ici une fixette nipponne.

Pas un bruit.

Il ôta ses chaussures, entra. Dans la pénombre de la seconde pièce, il distingua le pied d'un homme couché par terre, s'immobilisa, prit le temps d'écouter, mais rien, juste le lointain grincement des cigales.

Après un nouveau pas, il aperçut un autre pied, puis des mollets, des cuisses, un mince buisson de poils sur lequel reposaient un abricot, une fraise, un petit amas de framboises, le tout dissimulant un probable appendice sexuel. Une main féminine, délicate, saisissait l'abricot. Ferdinand se déhancha, frôlant le déséquilibre. Dos à lui, une femme assise en tailleur cueillait les fruits avec lenteur. De l'autre côté du corps étendu, une autre femme, tête à hauteur du maigre poitrail du garçon, était couchée sur le ventre, en appui sur ses coudes. On ne voyait pas son visage, seulement ses cheveux et ses fesses rebondies. Le type allongé avait les yeux fermés. La femme aux fesses paysagères redressa la tête, c'était la Janvier ! Elle était nue, les épaules rondes et satinées, les seins écrasés sous elle. Elle attrapa avec l'index une sorte de purée verte – tapenade, guacamole ? – qu'elle porta à sa bouche, léchant ses doigts, une manie décidément.

Ferdinand ne savait que faire de lui, comment disparaître. Il se retenait de bouger, en léger déséquilibre. Un craquement du tatami sous ses pieds attira l'attention de sa cheffe qui le surprit en train de tanguer, essayant tant bien que mal de se redresser. L'autre fille se retourna. Edwige ! Il distingua le profil du type allongé, un bout de son épaule maigre. Il lui sembla que la Janvier lui souriait, mais il filait déjà dehors, récupérant ses sandales pour se poser plus loin sur un banc de pierre à l'ombre d'un palmier, le cœur en capilotade.

La Janvier allait le virer, tant mieux. Il était pressé de prendre une dernière engueulade et d'en finir.

Elle le rejoignit une dizaine de minutes plus tard avec son parfum de vanille, mais différent, comme légèrement poivré. Paréo attaché sous les aisselles, elle exhibait ses bras, ses épaules satinées et ses mains de geisha. Elle s'assit près de lui. Il pouvait sentir sa chaleur, même sa moiteur lui semblait palpable, ce qu'il trouvait repoussant, loin du spectacle baigné d'ombre qu'il venait de surprendre : clair-obscur d'épidermes et de gestes lents, un type dans sa maigreur comme un Jésus descendu de la croix. *Mangez, ceci est mon corps.*

— Regardez ces grenadiers à perte de vue ! Toutes ces fleurs écarlates, on se croirait dans un film d'animation nippon ! Vous ne verrez pas beaucoup de plantations pareilles. Le jus de grenade n'est plus une panacée, anticancéreux, dépuratif, antistress, cardioprotecteur, neuroprotecteur, anti-obésité, antiviral. Effets des enzymes sur le foie, nausées et vomissements, trop de sucre, allergies, ce n'est plus le fruit du paradis...

Elle tenait à la main un petit bol empli d'olives noires qu'elle boulottait avant de cracher le noyau par terre, comme le soudard qu'elle adorait incarner. Elle s'amusait de la situation, du silence de Ferdinand. Il avait eu tort de ne pas partir aussitôt. La fuite, en toutes circonstances, est la meilleure des solutions.

— Je dois une fière chandelle à Edwige de m'avoir présenté Jeanne et Cyril. Il faudrait les cloner ces deux-là. Ce sont des gens exceptionnels. Jeanne sait danser avec les tendances du marché, elle a trouvé des débouchés aux grenades dans l'industrie alimentaire, cultive en pépinières des espèces décoratives et elle fait un tabac. Elle m'épate, elle a acclimaté du wasabi, du shiso. Ils ont même réussi à faire pousser des fraises-mangues et des petites tomates en grappes du Vésuve de la grosseur d'une prune qui restent juteuses tout l'hiver pendues dans un endroit sec comme l'ail ou l'oignon. Excellentes !

Ferdinand se demandait si elle faisait exprès de lui vanter ce qu'il ne pouvait manger. Mais ne pas faire exprès et ne pas faire attention, c'était pareil.

— Bon, je vois que vous avez toujours autant de conversation !

La température s'était adoucie, le soleil avait disparu derrière la plus haute colline, Ferdinand se sentit brusquement fatigué, même *Blanquette* semblait s'être enfui, désolé du nombre de complications qu'il se refusait à comprendre, les morts ne s'embarrassent pas de détails aussi ennuyeux, mais lui expliquer pourquoi et par qui il avait été tué était un minimum.

— Tenez, vous devriez goûter une de ces olives. Jeanne les ramasse mûres, les lave, les sèche, les met sous vide à l'abri de la lumière pendant plusieurs mois, et ça leur donne une saveur et une consistance extraordinaires. Ni piquées, ni salées, les olives ont un peu d'amertume et d'astringence, juste ce qu'il faut pour réveiller leur grande douceur. On ne saurait dire si ça appartient au règne du sucré, du salé, c'est divin !

Il prit une olive, effectivement d'un goût inattendu, pas gâché par le sel, très charnue, agréable à croquer, à mâcher, c'était à peine si on se souvenait qu'elle était un réservoir d'huile, elle n'en était que le goût, son esprit, sa promesse, et les saveurs n'en finissaient pas de se marier, précises, robustes. Ce cadeau le décida :

— *La dive bouteille*, *Le mas des collines*, la *Ferme 21* croulent sous les dettes, et quelqu'un est en embuscade pour récupérer tout ça.

— Je n'avais pas encore remarqué votre tempérament blagueur, Pierraud, mais en quoi c'est drôle exactement ? Edwige m'a dit que le père de Cyril est le plus gros fabricant de compléments alimentaires d'Europe ! Vous n'allez pas revenir en deuxième semaine avec des conneries pareilles, Pierraud, je vous le dis !

Cette fois, c'était inutile d'insister, elle partait en cappuccino :

— L'erreur n'est pas un délit, mon petit, mais l'entêtement un crime majeur ! J'en ai marre de vos inepties, je suis trop brave avec vous et vous tournez débile, je considère désormais que vous empiétez, et avec de très gros sabots, sur mes heures de loisirs !

Les cigales s'étaient tues, ce qui inquiéta Ferdinand. La peau de son visage tiraillait, il se sentait bizarre, comme un ballon d'hélium emporté dans les airs, sa main contenant encore deux olives avait étrangement grossi, et il entendit la Janvier crier :

— Pierraud, bon sang, vous êtes en train de doubler de volume… un œdème de Quincke ! Où est votre piqûre d'adrénaline… merde… ! Filez-moi votre sac ! Les olives, espèce de naze, c'est des fruits ! Vous êtes vraiment intenable !!!

Sept kilomètres séparaient *Le mas des collines* de la ferme de Jeanne. Lou conduisait lentement, soulagée d'avoir laissé Oreste se débrouiller en cuisine, elle n'était bonne à rien, ses mains lui obéissaient mal, elle avait loupé la cuisson des œufs à basse température, ne savait plus comment réfléchir, se méfier. Bourdonnement berçant, tiédeur amniotique, l'électrique était un refuge apaisant.

Au loin, en contrebas, des grues tournicotaient dans le ciel blanc aux abords de la rivière où s'aménageaient un canal et une retenue d'eau, contre lesquels Jeanne s'était battue sans succès à la tête des écologistes. Déterminée, elle était encore une des protestataires les plus véhémentes au chantier. *Perdre une bataille n'est pas perdre la guerre.* Jeanne regardait droit devant elle avec une force d'indépendance que rien ne pouvait entamer. Lou était fière de sa fille, et inquiète de son intransigeance. Célibataire résolue, Jeanne refusait de *partager* sa vie, qu'elle voulait tout entière pour elle ! Lou ne l'avait jamais vue amoureuse, se languissant de l'être, désirant un môme, une famille, commettant d'autres excès que celui du travail. Féroce, elle accusait Lou d'avoir bousillé son père en les abandonnant quand elle avait trois ans. Mais on ne démolit pas quelqu'un en claquant la porte. Jeanne ne pouvait pas imaginer à quel point Lou avait cru au miracle lorsqu'elle s'était embarquée avec Antoine, trentenaire fringant qu'elle voyait comme sa chance et sa revanche. La gueule de Brad Pitt dans *Seven*, l'air de se foutre du monde, une façon chavirante de lui souffler dans la bouche *T'en as pas marre d'être belle ?*, un salaire à impôts comme graphiste dans une agence de com'. *Un bon parti*, aurait dit sa mère si elle avait encore eu sa tête. À la mairie, grossesse de six mois fièrement exhibée, Lou partait pour la comédie romantique, très vite moins réjouissante avec le cafard des jours qui sortent tous pareils de l'usine à routine, le bébé qui réclame et le mari qui s'agace de payer trop cher la maison médicalisée d'une belle-mère qui compte ses cheveux devant le miroir pour retrouver quelques bribes de l'ordre des choses.

Quand Lou s'était évadée de cette taule, Antoine avait vite dégotté une compagne de dix ans sa cadette. Changer une femme d'occasion pour une plus neuve est une bonne affaire, et avoir sa gamine pour soi tout seul sans femelle dans les pattes n'a pas que des inconvénients. On a le champ libre. Avec un héritage, on peut aller respirer loin des nuées de particules fines au fin fond de la Bresse près d'un affluent de la Seille, élever en plein air de la volaille à pattes bleues d'appellation contrôlée, vivre un nouveau chapitre plein de suspense qui vous transforme en héros d'un feel good bouquin avec couverture en lever de soleil. Mais la bluette avait tourné *série noire* dès l'abattage par décret de ses trois mille volailles, poulets, poules, poulardes, dindes en 2025 après l'attaque d'un virus asiatique au nom de robot. Recommencer avait peut-être été un entêtement, autant dire un aveuglement. La jeunette qui lui servait de moitié ne s'y était pas trompée, elle avait fui sans attendre le prochain virus qui se pointa assez vite. *Quand c'est la vie qui s'obstine, soit tu deviens champion d'art martial, soit tu te couches.*

Contre l'impardonnable faiblesse de son père et la trahison de sa mère, Jeanne avait toujours tempêté, preuve que personne ne l'avait dépouillée de ses forces, et Lou espérait qu'elle n'allait pas lui annoncer qu'elle lui intentait un procès pour défaillance maternelle, ce qui se passait de plus en plus fréquemment.

Parvenue à l'entrée du chemin privé, elle composa le code d'accès depuis son tableau de bord. Deux types ramassaient des abricots dans un champ. Salariés, saisonniers ou *sympathisants*, difficile à dire, la ferme était autant une exploitation qu'une *cause*, dont le leader était Cyril, le copain de classe de Jeanne, associé / copropriétaire qui avait financé en grande partie l'achat des terres, la rénovation des bâtiments, et qui se passionnait pour des recherches auxquelles Lou ne parvenait pas à s'intéresser : *viande moléculaire, production d'électricité par solutions microbiennes, éclairage par bactéries luminescentes.*

Jeanne s'était choisi le frère qu'elle n'avait pas eu avec qui se tenir à l'abri du risque amoureux. Tous deux préféraient l'action militante aux sentiments, l'espèce aux individus, la Terre à ses habitants. Ils prenaient soin du sol, de l'eau, des animaux, contribuaient à nourrir des gens qu'ils ne connaissaient pas, des enfants qui n'étaient pas les leurs, à qui ils fournissaient le bon carburant pour vivre et grandir, la seule forme d'adoption à laquelle ils croyaient.

Lou se gara à cinquante mètres de la maison. Dès qu'elle quitta l'habitacle climatisé, elle suffoqua dans l'air brûlant. En contrebas, Cyril, à poil sous la douche extérieure face au potager, levait le visage et les bras sous le filet d'eau, gracile, comme à peine sorti de l'adolescence.

Longeant une serre connectée qui diffusait un puissant parfum de tomates, elle ne put s'empêcher d'en ouvrir la porte. Cornues des Andes, noires de Crimée et tomates-ananas tenaient une place de choix dans ses menus d'été. En carpaccio, crumble, tian, sorbet. *Cultiver-cuisiner, récolter-manger.* Jeanne avait beau dire, Lou avait transmis sa passion de la nourriture à sa fille qui avait acclimaté tant d'herbes, de fruits, de légumes, de tubercules pour ses plats afghans, asiatiques, africains. Le but de la procréation, c'était la transmission, pas les sentiments. Il n'était pas obligatoire que les enfants aiment leurs parents. Lou n'était pas du tout mère idéale, mais elle n'avait pas interrompu la chaîne de vie depuis la formation des amibes, des méduses, des serpents, des oiseaux jusqu'aux mammifères qui mirent des dizaines de millions d'années à devenir humains. Elle n'avait pas barré la route à l'élan vital continu jusqu'à elle et avait accompli sa tâche primordiale : engendrer mieux qu'elle…

— T'es décidément pas tombée dans la soupe à la montre, toi !

Lou sursauta. Jeanne portait une tunique courte sur ses jambes musclées, et Lou fut comme chaque fois frappée par sa taille plus grande que la sienne, par sa beauté si neuve et son visage si buté.

— J'ai fait de mon mieux.

— Et comme ton mieux laisse toujours à désirer !

— Et donc cette visite ?

— J'ai dit de politesse, pas d'agrément, t'es prévenue !

— Ne me secoue pas trop, Jeanne.

Elle hésita, gorge verrouillée, plâtre sous les côtes. Il faisait si chaud que les couleurs des environs semblaient s'être évaporées pour laisser place à un monde sépia, un monde foutu qui appartenait déjà au passé.

— Jérôme a été tué.

Ces mots étaient des oiseaux morts qui s'abattirent sur elle, leurs becs s'enfonçaient dans sa peau en espérant y trouver un tombeau et Jeanne chancela, mettant sa main devant sa bouche pour étouffer un *Non ?!* épouvanté. Lou ne comprenait pas pourquoi Jeanne, qui n'avait jamais montré beaucoup de compassion pour quiconque, était si secouée par la mort de quelqu'un qu'elle connaissait à peine ? Elle regardait ailleurs, les yeux mouillés, Lou aurait aimé prendre sa fille dans ses bras, elle esquissa un geste vers elle, mais sa main empêchée voleta à peine, la banquise entre elles ne pouvait se franchir, tant de méfiance et de rancune glacées les éloignaient l'une de l'autre.

— Ma grande, excuse-moi, je ne savais pas que Jérôme…

— On y va, j'ai pas beaucoup de temps.

— Bon sang, Jeanne, ce n'est pas le moment de me faire des cachotteries ! Irina a foutu le camp, elle est mêlée à un trafic de foie gras. Jérôme a été assassiné dans un clandé et je ne comprends absolument rien à tout ça.

Dans la voiture, Jeanne se moucha à plusieurs reprises, Lou imagina qu'elle pleurait. Les champs et les bosquets d'arbres étincelaient au soleil, l'écran indiquait une température extérieure de 43 degrés à six heures du soir.

Elles roulèrent en silence pendant dix bonnes minutes. Puis la voix de Jeanne se mit à rôder comme un fantôme dans l'habitacle.

— Tu vois qui est Zineb ?

De nouveau la mère d'Oreste. Lou comprit qu'elle allait découvrir une nouvelle histoire qui s'était déroulée en dehors d'elle, contre elle qui avait toujours vécu hors sol.

— Elle s'occupe du potager de *La dive bouteille*.

— Oui, je sais !

Elle aurait aimé contrôler son agacement qui avait rendu son exclamation désagréable. Trop tard :

— Bon, si tu sais tout !

Jeanne se ferma, crispée, réfugiée dans sa coquille, Lou n'avait jamais su l'amadouer, il aurait fallu la rassurer peut-être, mais comment ?

Jeanne aboya pour en finir :

— Laisse tomber, c'est pas grave !

Après une dizaine de kilomètres, Jeanne indiqua à Lou la direction d'une zone artisanale, puis une route qui plongeait dans une cuvette creusée au bulldozer. *L'eau vive*, annonçait un panneau. Une des *cités d'accueil* de la région. Une des plus importantes à cent kilomètres à la ronde. Les noms de ces camps de regroupement – *Bosquet fleuri*, *Tendre prairie* – saupoudraient de sucre ces zones de quart-monde où survivaient réfugiés, demandeurs d'asile, SDF et autres mis au rancart. Un parking surplombait l'agglomération honteuse planquée dans son trou. *Capacité 4 000 lits*.

L'architecte avait dû séduire ses commanditaires dans les années 2030 en couvrant les pentes d'un assemblage de containers. Peints de couleurs qui avaient mal supporté vingt ans de cagnard, ils se fondaient désormais dans des teintes d'automne entre rouille et caca d'oie. En plus de la porte, chacun était muni d'un vantail vitré qui s'ouvrait sur le toit, ou sur le côté de la capsule. La lumière oblique du soir ne parvenait pas à mettre de la douceur dans cet entassement qui avait sans doute évoqué un jeu de Lego avant de virer bidonville.

Un bar de fortune en planches mal dégrossies veillait à l'entrée de la cité. Elles entrèrent dans les odeurs de sueur et de tabac. Jeanne montra un numéro inscrit sur son écran à une métisse sûrement nonagénaire qui lui indiqua un panneau à quelques mètres.

Pendant que Jeanne le consultait longuement, Lou découvrit un immense panneau : *PROFITEZ, JUSQU'AU 31 AOÛT, D'EMBAUCHER LES HABITANTS DE L'EAU VIVE À DES CONDITIONS EXCEPTIONNELLES À CONSULTER SUR NOTRE SITE EMBAUCHEEAUVIVE.FR*.

L'esclavage légal. Des réfugiés à acheter pour presque rien, avec tous les droits sur la marchandise si on se portait caution de ses dettes et agissements.

— Lou, qu'est-ce que tu fous ?

Jeanne grimpait vers la cité, Lou la suivit. Des musiques s'entrecroisaient avec des cris de gosses, des bouts de conversations, des relents de graisse brûlée et de poireaux bouillis se planquaient derrière un nuage d'épices qui parfumait l'ensemble comme pour lui donner espoir. La chaleur s'était accumulée toute la journée entre les cubes, Lou dégoulinait, des souvenirs de villages assoupis, de fusillades, de canicule et de cadavres bourdonnants la ramenaient plus de trente ans en arrière, elle étouffait à nouveau sous son barda dans les montagnes d'Afghanistan.

Mère et fille slalomaient dans la foule, se cognaient à un monde dingue qui fourmillait devant les abris. À l'intérieur, des femmes impressionnantes serrées dans leurs boubous avec leurs bébés, de grands types efflanqués qui avaient survécu à l'exil depuis l'Afrique, des femmes ne montrant qu'un œil derrière leurs grands voiles noirs, de petits hommes en sarong qu'un tsunami avait éjectés de leur monde.

Des réchauds cuisaient des ragoûts indéfinissables saturés de piments et de kamun, des boutiques de fortune proposaient du pain, des boissons, il y avait toutes sortes d'échoppes et de restaurants rudimentaires. Dans un provisoire échevelé, une ville s'inventait, qui rappelait le Calais des années 2020, quelques années après le démantèlement de ce qu'on avait appelé une jungle. Un monde qui avait été celui de Lou et où elle avait rencontré Nour en travaillant au ravitaillement du millier de migrants qui étaient restés ou revenus là.

Jeanne arrêta sa course à un carrefour encombré impossible à franchir, et Lou patienta derrière elle. L'angoisse lui nouait la gorge, elle détestait cette visite où le voyeurisme poussait dru. Dans le groupe dont elle n'identifiait pas la langue, elle saisit le regard d'une femme, les yeux sombres et brûlants, les cheveux courts, un visage à peine empâté d'une grande beauté sensuelle. Lou resta suspendue à son regard, son corps battait, la femme était une Nour qui aurait continué à vivre, à vieillir, à s'arrondir, de plus en plus belle, de plus en plus vivante – une Syrienne ou une Irakienne ? –, qui baissa un instant les yeux. Elle sortait des samboussak de la friture, petits chaussons salés farcis de persil et de viande ou de fromage. Lou était à Calais en 2020 avec Nour qui avait dix-neuf ans, elles proposaient des pains farcis de purée de légumes, inventaient avec les moyens du bord, recommençaient tout depuis le début. Elles naissaient en même temps que leur histoire.

La femme égoutta ses rissoles, releva la tête, reprit le regard de Lou.

— Non, mais oh ! Magne ! Qu'est-ce que tu fous ?

Lou sursauta à l'apostrophe de Jeanne, elle avait du mal à s'arracher au regard de celle qui semblait être là pour elle.

— Bon sang, tu accouches ?

Lou avança doucement, visage toujours tourné vers *elle*, puis il lui sembla qu'elle détachait un à un les fils qui la tenaient à *elle*, chaque fil en lâchant emportait un mince morceau de sa chair, son cou tirait sur ses cervicales, elle *la* perdait, c'était fini, elle suivait Jeanne dans un dédale d'escaliers et de couloirs plus étroits qui puaient les excréments.

Assemblages de planches, de tissus et de papiers, les abris encore plus précaires que les précédents formaient une misérable excroissance sur la cité de containers. Son lieu banni.

Elles empruntèrent un passage sans rambarde qui donnait sur un à-pic d'une dizaine de mètres, Lou qui souffrait du vertige avait des sueurs froides et des pieds de plomb, une furieuse envie de plonger, et elle fut soulagée de voir Jeanne entrer dans une unité démunie de porte.

Il faisait sombre et une chaleur suffocante à l'intérieur de ce que Lou identifia davantage comme un cercueil que comme une habitation. Jeanne alluma son écran. Une femme entortillée de tissus faisait cuire une bouillie sur une petite plaque électrique posée sur la terre battue, un bébé au visage trempé de sueur dormait sur une couche informe, un corps allongé se devinait sous un drap un peu plus loin. Jeanne s'approcha, posa sa main pour secouer le corps qui se tourna. Apparut un visage de cuir mangé de poils grisâtres. L'individu tentait de se dépêtrer du tissu, pédalant dedans, dévoilant des jambes squelettiques et un caleçon tire-bouchonné autour de sa taille. Un mort-vivant plus proche d'un Bacon que d'un Fra Angelico et, brusquement, en le distinguant mieux dans le rayon de la lampe, Lou reconnut Antoine, comme venu d'un autre monde, vingt kilos de moins et vingt années de plus. Jeanne abaissa sa lampe pour ne pas l'éblouir et Lou vit apparaître en gros plan les pieds crasseux aux ongles jaunes et épais. Droite et fermée, bouche crispée sur ses dents, elle tourna les talons, refit marche arrière, les escaliers, l'à-pic, la foule, le linge, elle courait, bousculait des corps sur son passage, filait jusqu'au bar-cahute de l'entrée, se retrouvait en face de la vieille métisse, lui demandait un rhum double qu'elle avalait cul sec, et elle resta à suffoquer, le front posé sur la planche qui servait de comptoir. Emportée dans un tourbillon, elle se cramponnait au bois pour ne pas tomber :

— Ça va aller ? s'inquiéta la métisse.

Lou allait, légère, feuille morte se balançant dans les airs, elle avait brûlé l'oasis, bousillé d'un coup les quatre cents et quelques traits verts qui faisaient une fière forêt de chlorophylle depuis qu'elle avait arrêté de boire, tous ces jours à s'empêcher de retomber, à mesurer la distance qui la séparait de l'alcool, cette bulle qui la portait dans les airs, loin d'elle, loin des souvenirs, poche étanche, ballon sans poids, nourrisson privé de pensées, petit sac tiède juste bon à téter le biberon, rien que ça, bouche à avaler ce dont elle avait besoin pour devenir autre chose qu'une bouche, des lèvres, une langue, un palais et un gosier pour déglutir et elle redemanda un rhum.

— Un double ?

Elle le but d'un trait et s'envola un peu plus haut, le front à nouveau posé sur la planche.

Jeanne la secouait, la rudoyait même, Lou avait une crampe dans la nuque à force d'être restée ployée sur ce foutu comptoir.

— Bon, ça va, Lou, pas la peine de faire ta chochotte !

Lou voyait sa fille toute rétrécie et floue, elle se souvint du rhum, des centaines de jours d'abstinence dont il ne restait plus rien, de la forêt qui avait flambé avec toute sa chlorophylle. Son crâne abritait tout un orchestre de tambours japonais.

— Tu vas pas t'en tirer comme ça, Lou !

Lou essayait de se stabiliser sur le tabouret et de chasser le replay automatique de la séquence montrant Antoine, gueule méconnaissable, corps cadavérique. Elle ne l'avait pas revu, non, c'était au-dessus de ses moyens. Durer transforme la vie en story-board d'un film à déceptions. Elle bégaya un début de question que sa voix ne parvint pas à porter et elle entendit comme venant du fond d'un puits le ton impitoyable de Jeanne, la victorieuse arrogante qui ne trébuchait pas, qui n'avait pas encore appris le doute, la défaite.

— Les flics m'ont prévenue. Pas difficile, je porte son nom, tu t'en souviens ? Vous avez fait un môme, tous les deux, OK ? Tu as une toute petite place pour ça dans ta cervelle ?

Lou réussit à se déplier. La douleur aux cervicales augmentait, elle se vit tourner la tête vers la femme qu'elle avait croisée, dont le visage se recomposa devant ses yeux. La beauté. *Elle* n'aurait pas aimé la voir ivre, c'était certain.

Jeanne lui versa une carafe d'eau sur la tête, Lou s'ébroua, la combinaison trempée sur elle lui fit du bien, lui redonna une forme. Elle était encore de la viande emballée dans un sac de peau. Sa fille lui fourra un verre d'eau entre les lèvres, l'obligea à boire, la traîna jusqu'à la voiture, la poussa dedans et se mit au volant.

La tête de Lou dodelinait comme un chien de kermesse, ça lui valsait dedans, trop vite, ça lui donnait envie de vomir.

Jeanne explosa :

— Ton cirque ne m'impressionne pas, Lou, je ne suis pas idiote à ce point ! Le coup de *je suis à nouveau l'alcoolique chiante ingérable qui fout tout en l'air et je suis incapable de m'occuper de qui que ce soit*, ça ne marche pas !

Lou se mit à rire en secouant les épaules, peut-être qu'en réalité elle pleurait, elle ne savait pas trop, elle fixait la route, Jeanne roulait vite, et c'était une petite consolation dans le bourbier où elle s'enlisait. La route avançait vers le pare-brise comme si elle leur sautait dessus, plus vivante qu'elles deux, muettes dans l'habitacle. Elle aurait donné cher pour un double rhum. Cul sec.

Après un temps qu'elle ne mesurait pas, elle entendit la voix de Jeanne s'élever comme dans l'écho d'une cathédrale :

— Il est revenu d'Afrique avec le palu et très mal en point. Il a quand même trouvé un boulot au démantèlement d'une centrale nucléaire, ce qui lui a encore mangé quelques kilos et laissé un peu d'économies, de quoi venir ici pour embaucher mais il a fait une grosse crise de palu. Je ne sais quelle association lui a filé de quoi s'en tirer. Il sort demain, et tu vas le récupérer. C'est toi qui l'as choisi, je ne vais pas me le cogner toute seule !

Lou ne parviendrait jamais à payer son dû, elle n'y pouvait rien, impossible de revenir en arrière, l'existence est un sens unique filant sans repentir de la naissance à la morgue, une seule séquence et une seule prise, la première doit être la bonne.

Elle laissa le silence accompagner la valse qui tournoyait dans son crâne et quelques secousses de rire plus stupide que joyeux. Puis elle s'étonna d'avoir une voix si faible, qui ne devait pas être la sienne :

— C'est quoi, l'histoire, avec Jérôme ?

— Jérôme allait te quitter, c'était décidé. Il devait te donner sa démission à la fin du mois.

C'était dit. Jérôme voulait partir. Sans prévenir. Filer dès qu'il aurait été prêt. Pas une histoire d'argent de poche à la noix… Une vraie saloperie en douce.

— Il créait son propre établissement.

La nausée montait, Lou n'arrivait pas à stabiliser sa tête, l'angoisse lui volait son oxygène, des régimes de bananes pesaient sur sa poitrine. Jeanne mentait. Jérôme n'était pas ambitieux, bien trop rêveur, il se foutait de se faire un nom.

— Il voulait créer un restau végétalien au milieu d'un potager. Des années qu'il s'était mis à jardiner.

Jérôme faisait son apprentissage auprès de la mère d'Oreste, cette foutue Zineb, pour réaliser un projet à lui, l'envoyer paître, elle, cocue sur toute la ligne !

— Il allait s'installer chez nous.

Lou allait hurler, elle était enfermée dans une benne à ordures que la route avalait de plus en plus vite. Sa propre fille sa concurrente, avec *son* cuisinier, dont la réputation était suffisante pour lui faucher une partie de *sa* clientèle ? Jeanne créant un restaurant à sept kilomètres du *Mas des collines* ? Elle ne savait pas d'où sortait cette putain de vérité : *la vie a toujours plus d'imagination que vous*.

— Tu ne t'es jamais intéressée à notre travail, Lou. Tu appelles pour réclamer ce dont tu as besoin, remercier quand tu y penses. Le reste, tu t'en fous. Les recherches de Cyril coûtent cher, on est dans le rouge depuis plus d'un an, il fallait trouver une solution. Jérôme avait un sponsor qui payait trois ans de loyer et qui investissait contre quelques parts de la société, pas grand-chose, c'était une aubaine pour nous, on avait besoin de s'ouvrir davantage vers l'extérieur, c'était indispensable.

Jérôme, Cyril et Jeanne avaient négocié sur son

dos, sachant qu'ils la foutaient dans la panade. La trahison empuantissait l'intérieur de la voiture.

— Cyril finance des recherches très importantes, toutes ses économies y sont passées, je sais que pour toi ce n'est rien, tu t'en fous, on peut tous crever, pourvu que ta petite affaire continue à tourner.

— Il ne me semble pas que vous soyez en train de crever. Vos affaires tournent…

— … mal !

Elle hurlait et Lou crut que la bagnole allait s'envoler.

— Tu vas te décider à comprendre, oui ? On est au fond du trou ! Si on creuse plus profond, on trouve du pétrole !

Lou pensait à toutes les distinctions qu'ils avaient eues, à la surmédiatisation dont ils avaient été l'objet.

— Le père de Cyril est ruiné, ça paraît dingue, mais c'est comme ça. On se bat tous les jours avec les banques, les organismes de crédit. Ils nous ont piégés. Le fric, c'est du vent, tu le sais, non ? Nous, le père de Cyril, on s'est tous fait bananer. Des histoires de montages financiers auxquels je ne comprends rien. De toute façon, tu as toujours détesté Cyril. Même quand il était môme !

Ce n'était pas faux. Quand il avait sept-huit ans, Lou se méfiait déjà de ce surdoué, arrogant, suffisant. Deux ans d'avance à l'école et fils à papa, le mélange était détonant. Adolescent trop exalté, Cyril était une sorte de moine illuminé qu'abîmait une maousse folie des grandeurs. Le genre à brûler le billet du gros lot ou à se tuer dans l'escalier en retrouvant sa mère après vingt-cinq ans d'absence. À quatorze ans, militant pour une dictature écologiste qui allait sauver la planète du désastre climatique, il avait eu des ennuis parce qu'il avait démoli avec trois copains une boucherie. Cette attaque avait mis Lou hors d'elle. À l'époque, elle avait du mal à se remettre de ses années de taule pour avoir blessé un jeune con en train de répandre des cochonneries bourrées de salmonelles dans leur chambre froide. Cyril et elle n'étaient pas dans le même camp. Depuis, ils avaient renoncé tous les deux à afficher leur nom à la rubrique des faits divers. Devenus pacifistes, partisans de l'action raisonnable, ils étaient désormais du même bord. Mais Cyril n'était pas sorti de la propriété depuis qu'ils s'étaient installés sept ans plus tôt. Pas sorti ! Et Jérôme avait préféré ce fou à elle ?

— C'est très très difficile pour Cyril en ce moment. Et la mort de Jérôme va l'anéantir. *C'est vraiment dégueulasse !*

Les derniers mots de Belmondo abattu dans la rue Campagne-Première d'*À bout de souffle*, trahi pour l'éternité par Jean Seberg, tentant de faire le clown dans un dernier soupir. Lou y pensait forcément.

— Et ne joue pas les victimes, s'il te plaît ! Jérôme n'en pouvait plus de ta gueule, de tes crises de nerfs, j'étais bien placée pour comprendre de quoi il parlait. Même Nour en avait ras le bol de toi. Elle t'aurait de toute façon plaquée, ma vieille !

La vieille serrait la mâchoire. Le coup ne pouvait pas porter. Nour venait la voir en taule tous les jours. Elle ne l'avait pas trahie. Elles étaient l'une pour l'autre. Formant équipe dès l'instant de leur rencontre. Considérant leur rêve comme un programme. S'embarquant dans le Sud. S'épousant. Affrontant ensemble la mort de Gabriel. Bataillant chaque jour pour la reprise en main du *Mas des collines*.

— J'ai finalement eu de la chance que tu te barres quand j'étais petite. T'es tellement insupportable ! Avec Antoine, ce n'était pas facile, mais il a au moins attendu que j'aie quatorze ans pour me lâcher !!!

Lou se taisait, elle encaissait les coups, elle était déjà knock-out, ne pas se défendre, ne pas mettre de l'huile sur le feu.

— Ah, oui, j'oubliais, j'avais droit aux vacances ! La table d'hôtes. La punition suprême ! Trois entrées, deux plats, du fromage, un entremets, un dessert, des services à l'assiette où tu ne peux pas en vouloir moins, à vomir !

— Plus tard, tu as aimé *Le mas des collines*, tu adorais Gabriel…

— Fous-lui la paix à Gabriel, tu ne lui arriveras jamais à la cheville. Sans lui, je ne serais jamais sortie de ma pension de cons !

— J'étais en taule, Jeanne !

— Ah pardon, madame était en taule ! Mais c'est vrai, au temps de Gabriel tu as fait un effort, il me semble t'avoir aperçue de temps à autre quand je dormais.

Lou mit sa main devant sa bouche en poussant un grognement. Jeanne pila net, Lou jaillit de la voiture et laissa échapper une gerbe de bile et d'alcool nauséabonds sur les herbes sèches qui bordaient la route.

Jeanne, fermée, regardait le ciel sombre sans lune et sans étoiles où traînait encore vers l'ouest le reste du jour.

— Pour Antoine, tu te démerdes comme tu veux, je m'en fous, c'est ton problème ! Ça ne se discute même pas, c'est à toi de le récupérer, c'est tout. Un taxi-ambulance te l'amène demain, tu te débrouilles avec ton personnel, tu te fais remplacer, je ne veux pas savoir comment tu t'arranges, mais tu t'en occupes !!!

Ferdinand et la Janvier aperçurent le lieu du crime de loin, tout en bas de la carrière de calcaire aveuglée de soleil, cathédrale à ciel ouvert avec ses gradins, ses murs de forteresse, ses immenses portes ajourant la colline d'absides et de nefs sur lesquels veillaient des engins de chantier jaunes au repos pour cause d'homicide.

Au milieu des caries géantes embrumées de poussière, ils empruntèrent un des sentiers sculptés dans la pierre. Dans la cuvette, il devait faire plus de 50 degrés, et la chaleur semblait monter d'un lac de plomb en fusion. Ferdinand avait imbibé de flotte un papier tissé qu'il avait glissé sous son chapeau et, tout en rêvassant des palais, hôtels particuliers, églises et abbayes qui avaient été arrachés au fil des siècles aux ventres de pierre, il se félicitait de n'être pas né plus tard dans un monde encore plus réchauffé.

Arrivés près du but, les deux contrôleurs restèrent en contemplation derrière les balises installées par la police. Tout habillés et faces contre terre, les époux de *La dive bouteille* reposaient côte à côte, mêlant leurs flaques de sang. Leonardo et Jean-Baptiste avaient été mitraillés dans le dos la veille vers huit heures du soir. La première partie de la traque avait été filmée par les caméras de surveillance. Leonardo arrivant à l'aéroport de Marseille en provenance de Brindisi avec huit minutes de retard. Jean-Baptiste qui l'attendait. Volée à une famille de Belges alors qu'ils batifolaient dans l'Aquaboulevard de Miramas, la voiture qui les prenait en chasse dès leur départ de l'aéroport. La suite était sans images jusqu'au résultat final.

Depuis la découverte des corps, les ordinateurs recensaient les images, reconstituaient le film dans sa chronologie, consommaient des kilowatts, on aurait pu mesurer l'effarante émission de CO_2 que ce travail représentait. Les assassinats ne sont pas écologiques.

Anna était cette fois motivée pour se mêler d'affaires qui n'étaient pas les siennes, peut-être se sentait-elle en partie responsable de ce double crime en ayant laissé les flics se débrouiller avec le meurtre de *Blanquette*. Ferdinand supposait même qu'elle regrettait de ne pas avoir été suffisamment attentive à ce qu'il lui disait, mais il ne risquait pas de crier victoire. Elle lui avait sauvé la vie après lui avoir fait frôler la mort. Le voir près de décoller loin du Système solaire avait dû réveiller ses instincts maternels. Sans s'affoler, elle avait pratiqué l'injection d'adrénaline tout en appelant du renfort et Ferdinand s'était retrouvé couché sur les tatamis au milieu des protagonistes du spectacle érotique auquel il avait assisté précédemment : Edwige dans le rôle de la vestale et Cyril en Jésus descendu de la croix. Pas vraiment messie, mais d'une présence d'esprit et d'un calme remarquables, le jeune patron/gourou de la *Ferme 21* avait parfaitement géré la consultation en ligne, à se demander pourquoi certains blogs traitaient ce garçon d'asocial. Il imaginait *Blanquette* succomber au charisme de ce type plus jeune que lui et qui ne manquait pas d'autorité.

— Ça va mieux, vous avez presque figure humaine, mon petit, susurrait la Janvier.

Cyril le faisait boire, mesurait son pouls, prenait sa tension. Edwige lui massait les pieds, il n'aurait jamais osé espérer qu'elle s'occupe de lui avec un tel dévouement, mais il s'empêchait de rêver plus loin et profitait d'être le nouveau-né au centre de la crèche, tant pis si son cœur battait mal, ne suivait plus le rythme, s'emballait dans une musique concrète pas convaincante.

— N'importe quoi pour qu'on s'occupe de vous, hein, Pierraud ?

Cyril l'avait déclaré sorti de crise, pouls et tension vérifiés, œdème de Quincke en grande partie résorbé, et Anna avait tenu à rester dormir avec lui dans la chambre à lits superposés qu'on lui avait octroyée. Il n'avait pas fermé l'œil, alors qu'au-dessus de lui elle ronflait paisiblement, le noyant dans ses effluves et ses gargouillements intimes.

Épuisé et dopé par l'adrénaline, il ressassait les données glanées au fil des jours sur la toile, les plaçait une à une pour les emboîter et constituer, plutôt qu'une histoire, un paysage cohérent avec les collines qu'il sillonnait depuis son arrivée.

Encore faible mais décidément incapable de dormir, il se leva vers cinq heures du matin. Des fourmis lui couraient dans les jambes et dans la nuque.

Dehors, le jour montait, propre et frais. Dans la lumière chuintée, la propriété avait tout d'une campagne d'autrefois. Tranquille, verte et vallonnée, comme un miracle sauvé du gâchis. Le soleil paressait encore sous l'horizon, infusant une lumière douce et une tiédeur bienfaisante. Des étourneaux et des hirondelles batifolaient sur le ciel pâle, picorant l'épaisseur du silence que brisa un coq en s'égosillant pour marquer son territoire.

Malgré sa trouille de la campagne, Ferdinand comprenait Jérôme. Il voulait pratiquer une cuisine bien à lui dont il maîtriserait tout, de la semence à l'assiette. Sa certitude d'avoir trouvé sa place l'avait peut-être aveuglé. Il s'était laissé piéger par Jeoffroy qui l'utilisait comme une arme contre Cyril et Jeanne. En le finançant, le consortium gagnait encore du pouvoir sur la ferme. Ferdinand commençait à voir un morceau du puzzle.

Peut-être était-ce l'état de préservation de la propriété et des terres avoisinantes qui donnait le vertige aux investisseurs. Une végétation en bonne santé, des sols qu'une tradition du bio n'avait pas épuisés, qui avaient échappé aux incendies notoires et aux grands cataclysmes sécheresses-inondations-coulées de boue des années 2020-2030. De l'eau en quantité et de plutôt bonne qualité grâce à la proximité des montagnes. Des insectes, des papillons, des oiseaux, comme il n'en avait plus vu depuis qu'il était môme !

En avançant vers l'angle de la terrasse, il découvrit Cyril seul dans un pré en train de tracer de lentes arabesques, une danse au ralenti qui devait être du tai-chi-chuan.

Quand le soleil lança son premier éclat, Ferdinand en ressentit aussitôt la brûlure, et une lumière rasante incendia l'herbe et les arbres alors que Cyril, ayant terminé son ballet, était immobile et droit, comme un point d'exclamation dans le contre-jour.

Puis il revint vers la maison, fit un signe de la main à Ferdinand.

— Ça va mieux ?

Il portait une longue tunique en soie sans manches, Ferdinand se souvint que lui-même était misérablement torse nu, vêtu d'un caleçon informe, en train de cramer méchamment et, les mains levées pour se protéger du soleil, il n'osait pas tourner le dos à cette apparition élégante et parfaite qui s'avançait vers lui et il bégaya :

— Grâce à vous tous, oui, merci !

Cyril lui serra la main et Ferdinand, frappé par l'acuité de son regard, aurait aimé filer illico sur la toile pour compléter sa fiche et tout savoir sur ce type qui avait dû fasciner *Blanquette* et qui le regardait avec un petit sourire :

— Il paraît que vous vous inquiétez pour nos finances ?

Sa voix, basse et chaude, mal assortie à sa silhouette maigre, devait être un atout majeur de sa séduction :

— C'est gentil de votre part, on se sent du coup moins seuls.

— Pierraud ! Pierraud !

La voix de la Janvier venait à son secours, il était temps, Ferdinand avait le visage en feu. Il se retourna pour la voir déboucher sur la terrasse entortillée dans une petite serviette, guibolles à l'air jusqu'à l'endroit où la cuisse perd son nom, nichons débordant du bandeau de coton qui lui passait sous les bras :

— Mais bon sang, je vous cherche partout !

Cyril avait déjà disparu dans la maison et Ferdinand regardait sa cheffe, le visage cramoisi, les bras ballants. Il pensait à sa mère, au corps squelettique qui ressemblait déjà à son cadavre pendant ses longues semaines d'agonie, et il mesura à quel point la bonne santé de la Janvier, avec sa chair généreuse et sa voix pleine d'allant, était malgré tout un réconfort.

— Magnez-vous, Ferdinand, ça barde !

Il se demanda comment se serait passée la matinée à la ferme si un de ses copains flics n'avait pas prévenu la Janvier de l'assassinat de Leonardo et de Jean-Baptiste. En tout cas, cette fois, elle avait voulu aussitôt filer vers les lieux, soudain concernée, peut-être dopée elle aussi par l'adrénaline qu'elle lui avait injectée. Pas question de laisser les flics se faire les bras tout seuls, ils étaient vraiment trop nuls.

Au cœur de la mine de poussière face aux deux cadavres, la chaleur augmentait, et la Janvier se décida à rebrousser chemin :

— Allez, on change de crèmerie avant d'être deux tomates cuites au fond de la poêle !

Il était temps, Ferdinand vacillait. Il peina à la suivre alors qu'elle entreprenait l'ascension, vaillante dans le cagnard, encore capable de parler, ce qui tenait de l'exploit.

— Je pense que ce n'est qu'un début, de quoi, je n'en sais rien, mais l'histoire ne fait que commencer, je le sens !

Il s'arrêta, sa sueur lui pleuvait dessus, il avait l'impression d'enfler à nouveau. Appuyé à une dalle qui le surplombait de trois ou quatre étages et le protégeait par une mince bande d'ombre, il fit une pause salutaire :

— Pour une fois, je suis tout à fait d'accord.

— Incroyable ! La piqûre d'adrénaline aurait fait électrochoc ?

— J'ai souvent pensé que ce n'était pas Jérôme qu'on avait voulu éliminer, mais Leonardo, qui d'habitude est en cuisine.

Après quelques secondes de silence, la Janvier, qui était à plusieurs mètres au-dessus de lui, lança :

— Évidemment, mon petit ! Ça coule de source ! Un type de dos dans une salopette, charlotte sur la tête, c'est n'importe qui !

Elle ne manquait pas d'air même dans des circonstances particulièrement étouffantes, il était persuadé qu'elle n'avait jamais envisagé le tueur confondant *Blanquette* et Leonardo, méprise que lui avait confirmée sa conviction que Jeoffroy et sa bande n'avaient pas intérêt à la disparition de Jérôme.

Quand il la rejoignit exténué dans la fraîcheur de la voiture climatisée, la Janvier était triomphante :

— J'avais compris dès le départ vos histoires de fringues, à demander bêtement comment Jérôme était habillé ! Je suis pas tombée de la dernière pluie !

— Donc, nous sommes d'accord : l'erreur vient d'être réparée.

— Et Jean-Baptiste ?

— Un détail ! Ils ne sont pas à un mort près. Ils commandent un assassinat comme vous vos provisions sur Internet. Le tueur est l'équivalent du livreur à domicile. Professionnel, à gages, vous l'appelez comme vous voulez. D'une froideur de calculette, il obéit à celui qui paie.

— C'est-à-dire ?

— A priori, un consortium bancaire, autrement dit du fric d'entreprises européennes, chinoises, indiennes, canadiennes, j'en passe. Albert Jeoffroy serait celui qui transmet les ordres dans notre secteur.

— Quel intérêt de tuer des gars qui ont un estanco fournisseur de banquets et un modeste domaine viticole…

— … avec accès direct à la rivière où des bateaux de croisière pourront bientôt venir du fleuve et le rejoindre. *La dive bouteille* complète idéalement le puzzle : le domaine est contigu aux terres de la

Ferme 21 qui, elles, longent l'autoroute et la véloroute. Les réunir est une aubaine pour les investisseurs qui possèdent déjà *Le mas des collines* !

— Et ça vous amène à quoi, votre dépliant publicitaire ?

— À ces banques pleines d'appétit qui aimeraient s'offrir une zone touristique plus rentable qu'une planche à billets.

— Toujours votre Alfred ?

— Albert ! Des gens comme lui savent faire, ils prêtent de l'argent, vous étranglent, un peu comme les Chinois ont fait avec les Mongols, les Africains, les Papous, et vous vous retrouvez à genoux, prêt à signer votre arrêt de mort s'il le faut pour qu'ils vous lâchent. Mais Leonardo, lui, est tout seul dans son affaire – même Jean-Baptiste n'a pas son mot à dire, leur mariage est en séparation de biens. Il n'a pas besoin d'argent, il s'en fout, il veut garder son affaire comme elle est, et surtout, il n'a pas bon caractère, c'est un Méditerranéen têtu, orgueilleux, à qui on ne la fait pas. Depuis des années, ils le démarchent, tentent de négocier, et ça n'avance pas, il les envoie dinguer. On peut être poussé dans une marmite pour moins que ça !

L'écran de la Janvier vibra.

— Jeanne ?

Ça semblait barder. La Janvier en avait le sifflet coupé. Elle écouta sans broncher avant de rugir un *On arrive*, de déclencher la sirène et de démarrer.

Dans un grand réfectoire bas de plafond, ils étaient à table, douze comme les apôtres, autrement dit la Cène sans Judas. Cyril, la Janvier, Jeanne, Edwige, Ferdinand. Les deux nourrisseuses de lombrics. Un vieux gars buriné et un gamin qui devait être son fils que Ferdinand crut identifier comme les jardiniers. L'avocate de la société, son assistant et son stagiaire, qui n'en finissaient pas de tapoter leurs écrans pour consulter leurs dossiers.

— Les flics ne peuvent quand même pas débarquer si vite, répétait Jeanne pour se convaincre.

Sombre, elle se reprochait d'avoir fait une grosse bêtise en ouvrant le message contenant l'arrêté d'expulsion. D'un double-clic, en un dixième de seconde, la mauvaise nouvelle était considérée comme parvenue à son destinataire.

— On ne s'affole pas, assura la Janvier. Complètement à l'ouest depuis l'attentat parisien, ils sont sur les dents avec ce ponte de la mafia *lait cru* qui court toujours, le double meurtre de *La dive bouteille* et les échauffourées des locavores l'autre jour. Sans compter que beaucoup ont pris leurs vacances pour profiter des beaux jours avant l'arrivée du gros des touristes en juillet.

Elle se resservit pour la troisième fois de ce qu'ils appelaient un *briam*, dont Ferdinand supposait qu'il s'agissait de légumes passés au four, un plat qui ne lui disait rien, il était encore chamboulé par sa crise allergique et sa nuit blanche sous adrénaline.

— Quand on mange ça, on comprend que les Grecs n'ont pas inventé que la vis sans fin, la clepsydre, la galère et la géométrie, ils ont inventé l'avenir !

La Janvier s'éclatait. Elle avait un coup dans le nez, ce qui teintait de gaieté surréaliste la gravité d'une réunion déguisée en repas de famille pas rassurant pour les avocats.

Le jardinier mit les pieds dans le plat :

— On ne peut pas vous expulser de chez vous !

— On n'est plus chez nous, Hachem ! lança Jeanne.

— À la création de la société, expliqua l'avocate, Cyril, son père et Jeanne étaient majoritaires. Mais des événements ont radicalement transformé la répartition initiale.

— Ces boulettes de seitan, il faudra absolument me donner la recette, c'est une tuerie !

Personne ne protestait contre les réflexions à côté de la plaque de la Janvier qui détendait l'atmosphère, d'ailleurs personne ne manquait d'appétit. Même Cyril mastiquait assidûment ses tofus grillés et ses légumes sautés en buvant par à-coups jouisseurs le petit vin blanc de la propriété. Ferdinand ne se privait pas non plus du breuvage frais, peu titré, qui l'envolait en douceur loin des traces de son malaise.

L'assistant de l'avocate montra un tableau sur l'écran géant serti dans le mur du fond.

— À la création de la société, nous en étions là :

CYRIL 40 %. JEANNE 15 %. PÈRE DE CYRIL 15 %. DESGRAND 30 %.

« Or, presque simultanément, Cyril et Jeanne ont cédé chacun 5 % de leurs parts au consortium propriétaire de Desgrand sans savoir que, trois semaines plus tard, le même groupe bancaire rachetait les parts du père de Cyril poussé à la faillite par des malversations pas tout à fait élucidées.

CONSORTIUM INTERNATIONAL : 5 % + 5 % + 15 % + 30 % = 55 %, CYRIL 35 %, JEANNE 10 %.

« Le groupe financier, désormais majoritaire, a décidé de ne pas renouveler le bail d'exploitation qui s'est achevé en avril. Autant dire que Jeanne et Cyril sont en infraction. Depuis trois mois, ils travaillent une terre sans autorisation !

— Ils ne nous ont pas encore abattus, intervint Cyril. On peut saisir un juge, se défendre.

— Il faut que nous médiatisions notre situation, supplia Jeanne. Nous avons suffisamment de soutiens, notre site est extrêmement visité.

L'avocate n'était pas d'accord :

— Mon premier souci est de stopper la procédure juridique. Si la police débarque, ils arrêtent Cyril. Gérant de l'exploitation, il est en infraction pour exploitation non contractuelle. C'est ce qui motive l'arrêté d'expulsion. Tout était calculé. Ils vous ont laissés tranquilles depuis qu'ils ont un statut décisionnaire pour que vous vous mettiez dans une situation irrégulière ! Si Cyril part en préventive, il va falloir se battre pour l'en sortir, et on obtiendra au maximum assignation à résidence.

— Ça va, ils n'ont pas besoin de me forcer à rester chez moi, j'y suis très bien !

— Sauf qu'avant un procès qui peut n'avoir lieu que dans deux ou trois ans, vous êtes interdit d'exploiter la terre.

On n'entendait plus que les faibles bruits de fourchettes et de mastication, Ferdinand observait

Cyril qui continuait à manger avec application. Peut-être se croyait-il toujours chez lui, toujours à l'abri d'un monde bien réel, auquel il ne s'était pas frotté depuis plus de sept ans.

Puis il prit posément la parole, religieusement écouté par ses ouailles. Jésus, décidément.

— J'ai dépensé beaucoup d'argent pour conduire des recherches auxquelles j'ai consacré tout mon temps en laissant Jeanne s'occuper de la ferme avec nos employés. Je sais que je peux les négocier un bon prix, le consortium sera forcément intéressé par nos découvertes.

— Cher Cyril, je crains que le temps ne soit plus à la négociation. Ils nous tiennent !

L'alarme retentit sur l'écran du fond, le responsable de l'accueil signala la présence de la police à l'entrée de la ferme, puis on entendit les sirènes.

Les convives se levèrent au même instant, figés par la panique. Cyril, lui, fila illico vers la porte :

— Salut mes amis !

Jeanne se précipita :

— Non, Cyril, non !

Dehors, Cyril courait et disparaissait déjà dans les arbres et les buissons, Jeanne fonçait derrière lui dans une petite électrique, la Janvier s'engouffrait dans le véhicule de contrôle.

Ferdinand, pourtant lent et guilleret, réussit à la rejoindre avant qu'elle ne démarre. Elle suivait Jeanne qui elle-même suivait tant bien que mal Cyril qui réapparaissait de temps à autre à découvert, courant à un rythme régulier, à longues enjambées rapides, léger et frêle, quelque chose d'un chevreuil.

Il se dirigeait vers le sillon de circulation de l'autoroute et de la véloroute. Ferdinand pensa un moment que la voiture d'un agent spécial l'attendait pour emporter le fuyard dans les airs, toutes ailes déployées, comme dans un film d'espionnage, il ne parvenait pas à s'inquiéter pour ce type qui avait tous les atouts pour vivre longtemps.

Le héros escaladait le mur qui clôturait la propriété lorsque les deux voitures atteignirent l'échangeur d'accès à l'autoroute dont on entendait le vrombissement sourd.

Ferdinand aperçut la silhouette longiligne de Cyril sur la bande d'arrêt d'urgence, le vit s'élancer et se mit à hurler son prénom. Du haut de l'échangeur, il voyait arriver à grande vitesse un camion que le fugitif ne pouvait distinguer en raison de la légère pente et du virage. Ferdinand hurlait toujours au moment du choc, dont il crut entendre le bruit mat, noyé d'un tintamarre de klaxons, de bruits de freins et de carrosseries embouties.

Les trois vieux ne quittaient pas Antoine d'une semelle, heureux que Lou leur ait offert un *baigneur*, un poupon pour les distraire. Patrick l'avait débarrassé de sa croûte de crasse, Laurent l'avait habillé plutôt classe, Isabelle lui coupait les cheveux qui tenaient du nid d'oiseau, de la toile d'araignée et du balai à franges, la senior-sitter provisoire qu'Oreste avait dégottée, étudiante en podologie, s'était attelée à la rénovation des pieds, peau propre, ongles courts et pâles, elle avait dû gagner un trimestre de formation sur une remise en beauté aussi complète.

Lou retrouvait un peu de celui qu'elle avait épousé pour commencer une nouvelle vie et oublier l'ancienne amochée par sa mère, son non-père, l'armée et ses saloperies.

— Eh bien, voilà ! *Le meilleur soldat est celui qui marche !*

Laurent était fier, le joujou grandeur nature faisait quelques pas à son bras. Antoine, même ressuscité, gardait le regard vide, il n'avait pas encore quitté le monde horizontal, il n'avait peut-être même aucune envie de s'en extirper. La fatigue est le pire des découragements.

Un petit jappement d'épagneul jaillit de l'écran de Lou. Un message *urgence*. Dans ses écouteurs, une voix d'androïde née d'un accident sexuel entre une chèvre et un serpent à sonnette : *En raison de diverses fautes professionnelles que vous trouverez détaillées dans l'acte d'accusation, vous êtes congédiée de l'établissement* Le mas des collines. *En conformité avec les termes du contrat nº 2042 A2, vous recevrez le double de votre dernier salaire ainsi que les congés auxquels vous avez droit et voudrez bien considérer que le parc, les cuisines, chambres froides et arrière-cuisines vous sont désormais interdits d'accès. Vous pouvez pendant une semaine encore jouir de votre maison d'habitation sise sur un terrain appartenant à la société et dont vous ne pouvez revendiquer la propriété.*

Lou avait le ventre et la mâchoire crampés.

Virée.

Elle avait pensé à ça plus d'une fois avant de signer le contrat pour prolonger ce qui avait été. Le restaurant, la magnanerie, la crèche, s'accrocher aux cendres de Nour, aux souvenirs. Elle pensait à Gabriel : *Le luxe, c'est de changer d'erreur.*

Ceux qui la viraient, et dont elle ignorait à peu près tout, l'avaient gardée à la tête du restaurant le temps de boucler leurs affaires, et ils n'avaient plus besoin d'elle. La réputation du restaurant était faite. Ils ne lui laissaient pas la magnanerie, surtout pas. La grande bâtisse XIXe était un atout choc pour les associés américains et asiatiques. Lou voyait déjà l'écran diffuser en boucle à l'entrée du joyau : *Dans une magnanerie, on pratique la sériciculture, l'élevage du ver à soie, chenille d'un papillon appelé bombyx,* magnan *en occitan*. C'était foutu, Lou n'imaginait pas se battre contre une puissance abstraite qui devait préparer ses coups à Singapour ou à Taïwan.

Son écran vibra dans la poche de sa salopette. Numéro inconnu. La voix, elle, ne l'était pas :

— Allô, Lou ? C'est Irina !

Les phares créaient une bulle de lumière dans l'épaisseur de la nuit, Lou roulait vite, trop vite sûrement et n'en sentait que le plaisir, elle avait sifflé deux verres de rhum avant de partir pour se donner du courage, l'alcool l'infusait doucement, elle était invincible dans le ventre de la voiture qui donnait son maximum et l'enveloppait de son bourdonnement régulier. Être sur le fil, en équilibre, royale, s'arracher à l'attraction terrestre, ressentir cet élan de joie, alcool et vitesse mêlés. Les fous qui volaient attachés à des ailes de tissu loin au-dessus des montagnes et des vallées devaient éprouver cette allégresse. Être vivante et nue comme au temps de la première bouffée d'oxygène après l'expulsion du ventre maternel, envahie d'un cri qui vibre entre les côtes.

Lou sortait de sa longue pénitence, délivrée de l'abstinence, loin du monde glacé qu'elle affrontait depuis plus de quatre cents jours de renoncement rongés de sécheresse. La sève coulait à nouveau dans ses veines, elle filait vite vers le point GPS d'Irina pour aller la chercher, elle la sortirait de son pétrin, se débrouillerait avec le contrôle alimentaire, une vague complicité dans un trafic de foie gras, ce n'était pas si grave, Anna Janvier se montrerait compréhensive, et pour une fois Lou servirait à quelque chose. La peau de saucisson devant les yeux, c'était fini.

À mi-chemin, elle s'arrêta dans un bar à bières, se décida pour une Belzébuth, qui avait le nom d'un prince couronné de l'enfer à cause de son fort taux d'alcool, il lui fallait ça, sentir la brûlure pétiller dans la transparence cuivrée. Elle liquida la bouteille en quelques goulées, tout en lorgnant l'écran qui rappelait le centenaire de la naissance de Coluche. *On me reproche deux choses, de dire la vérité et de tenir des propos en dessous de la ceinture. Je dirai au contraire que pour la vérité on fait ceinture, et on est toujours en dessous de la vérité.*

Quand elle sortit, la nuit était encore plus moite. Des orages avaient dû éclater dans les montagnes, et on sentait le souffle épais qu'ils avaient repoussé vers le fleuve. Un semblant de gaieté la reprit, la bière au nom de démon lui réchauffait à nouveau le ventre, comme un ronronnement entre sexe et poitrine.

Les faubourgs de la ville étaient sombres et moches, les éclairages à économie écologique se déclenchaient faiblement, à peine en avance sur ses phares, au fur et à mesure que la voiture avançait, et cela donnait un effet de clignotement déboussolant qui rendait les immeubles bornés, l'absence de vie hostile. Ne pas se laisser prendre à ce décor poisseux, elle aurait dû prendre au moins deux Belzébuth.

Elle atteignit le point GPS, repéra la porte peinte en vert. La petite maison en préfabriqué datait des années 2000, avec un bout de pelouse fermé par une haie de thuyas. À se demander ce qu'Irina foutait là.

Écran en lampe frontale, elle sortit de la voiture et se mit à transpirer aussitôt dans la nuit qui pesait d'un air immobile, humide et chaud.

La baraque était plongée dans l'obscurité, pas la moindre trace de lumière aux fenêtres. Devant la porte, elle hésita, mais celle-ci s'ouvrit dès la première poussée. Dans le faisceau de sa lampe, un papier à fleurs, un vieux portemanteau imitation bois, un linoléum qui essayait de se faire passer pour un carrelage. Ça sentait le renfermé, on se serait cru dans une maison abandonnée par ses modestes occupants des décennies plus tôt.

Pas un bruit.

Lou n'aimait pas ce silence, elle appela Irina doucement. Le couloir distribuait plusieurs pièces, elle choisit ce qui lui semblait être la cuisine dont la porte était défoncée. Lou prenait l'air par petits à-coups, comme on lui avait demandé de le faire quand elle avait accouché. *La respiration du petit chien.*

L'odeur de javel et de lessive recouvrait les relents de moisi. Sur une table couverte d'une toile cirée, Lou reconnut le sac ouvert et en partie renversé d'Irina que les vieux lui avaient offert pour ses quarante ans. La lampe éclaira un réfrigérateur, une machine à laver, des chaises paillées autour de la table. C'est là qu'elle vit un homme de profil, avachi contre la cuisinière électrique, les yeux fixés sur la hotte au-dessus de lui. Elle contourna la table, le cadavre en costard se trempait les fesses dans une mare de sang, il avait une paire de ciseaux plantée dans la carotide, l'écharpe à son cou était de sang frais et une cicatrice ronde bâillait sans élégance au-dessus de sa bouche… Albert Jeoffroy, le *facilitateur* qui présidait probablement à son départ forcé ! Elle fit volte-face, elle était dans un piège, à nouveau coincée au fond d'un ravin du désert afghan, toute son énergie tendue vers ce qui pouvait sauver sa peau, en nage, les côtes prises dans un corset de fer. Elle écarta le rideau, sa voiture veillait toujours dans l'étuve du dehors. Un grincement de porte lui mit le cœur au galop, elle se retourna en position d'attaque, deux bestioles roses dansaient vers elle, puis dans l'ovale de sa lampe s'afficha une rouquine frisottée au visage cochonné de rimmel qui ressemblait curieusement à Irina, Irina méconnaissable dans une blouse beige de ménagère et les mains cachées dans de grands gants de vaisselle.

La Hongroise se jeta dans les bras de sa patronne, elle était brûlante.

— Pardon, Lou, pardon. Je t'ai appelée au secours quand j'ai vu arriver sa bagnole, j'ai eu tellement peur, c'était lui ou moi !

Elle arracha la moumoute à frisettes de son crâne et sa blondeur dégoulina jusqu'à ses épaules.

Elle claquait des dents, Lou n'était pas vaillante non plus, mais elles s'agrippaient l'une à l'autre, à *se serrer comme des lianes infinies.*

— J'ai pas de remords, Lou, pas de remords du tout, et ils ne me choperont pas, je te le jure. T'inquiète, j'ai pas laissé d'empreintes. Rien. Même les ciseaux !

Elle semblait avoir vieilli d'une décennie, elle se précipita sur son sac, en sortit un flacon, avala deux pilules.

— Le trafic, j'en avais besoin pour le passeur, mon fils ne pouvait pas rester en Hongrie !

Ses grandes mains roses étaient deux marionnettes effrayantes qui s'agitaient dans la pénombre et plongeaient vers le cadavre.

— Quand je t'ai appelée la première fois, j'ai raccroché tout de suite. Mon écran te signalait sur écoute ! Et c'était pas le contrôle, pas pour du foie gras ! C'était eux, Lou, ils ont le bras long. C'est comme ça qu'ils ont su où j'étais. Ils veulent garder les trafics pour eux, je te dis, tout contrôler.

Elle se redressa, fourra un portefeuille dans sa poche, tendit l'écran du gars à Lou :

— Fais-le déverrouiller, ils manigancent des trucs vraiment crades ! Ils veulent mettre tout le monde aux ordres, c'est la Gestapo !

— Calme-toi ! Ça va aller !

— Lou, je t'assure. C'était lui ou moi, j'avais pas le choix !

Ses grosses pognes roses montraient un épais tube noir avec un piston :

— Il m'a suivie jusqu'ici pour m'éliminer avec

un pistolet d'abattage pour les cochons, tu te rends compte !

— On y va, Irina, je t'en prie !

Dehors, la nuit avait un peu fraîchi. Pas âme qui vive dans la rue, mais quand les phares s'allumèrent, deux clochards apparurent dans la lumière crue, ils disputaient à un chien des cochonneries dans un amoncellement de poubelles.

Lou conduisit moins vite sur le chemin du retour et le décor lui sembla moins poisseux. Une bande de lumière vive tranchait à l'est sur un ciel de charbon, et des éclairs lointains faisaient hoqueter le paysage.

Irina avait les pieds sur le tableau de bord. Cuisses à l'air, elle parlait entre ses dents dans sa langue maternelle, lâchant de longs borborygmes pleins de consonnes comme si elle engueulait le mauvais génie qui s'entêtait à lui tenir compagnie.

— J'avais pris mes jours pour récupérer les clés, préparer l'arrivée de mon fils et de sa fiancée quand ce salopard a débarqué. Mon fils va rester à Paris. J'ai les moyens, Lou, on a réussi. Ils nous ont pas eus !

Elle avait beau essayer de respirer profondément, elle vibrait toujours par saccades, même sa voix avait dégringolé d'une ou deux octaves :

— Ils nous ont pris pour des nuls, Lou, mais la camionnette conduite par le fiancé de ma cousine, c'était une diversion, juste une toute petite partie du chargement. Le reste est arrivé tranquillement aux Parisiens qui vont bientôt fêter en fanfare le centenaire de la libération de Paris et j'ai de quoi vivre tranquille un bon moment. En plus, y avait qu'à ouvrir la porte pour récupérer la saisie en parfait état de conservation. Même le *sous-vide* était au frais !

À sa demande, Lou entra dans un parking désert près de toilettes qui sentaient l'urine. Irina fila s'enfermer dans un des W-C, d'où ressortit un quart d'heure plus tard une brune aux cheveux courts et aux yeux clairs un peu trop maquillés.

Elles se séparèrent en ville dans une impasse, à cinq cents mètres de la gare TGV, loin des caméras de surveillance.

— Tu feras attention aux petits, ne leur gueule pas trop dessus, murmura Irina.

— T'inquiète, ils sont grands.

Elles s'embrassèrent. Lou retrouvait l'odeur de la blonde, sa véritable identité, elle aurait aimé au moins garder ça. Un flacon d'elle.

Le jour s'était levé quand elle arriva vers neuf heures du matin à la magnanerie. Il ne pleuvait toujours pas. Le ciel fluorescent était mâchuré d'épais nuages. Le trio de vieux regardait sagement sur le grand écran de la salle de projection *Profession reporter*, son à pleins tubes, ce qui n'empêchait pas Antoine de dormir sur un des canapés.

Au salon, Lou se servit un petit verre de rhum qu'elle avala lentement en regardant par la fenêtre les pelouses et les oliviers qui s'agitaient sous le vent. Des éclairs déchiraient à intervalles réguliers la tôle du ciel, les grondements du tonnerre se rapprochaient, mais il ne tombait toujours pas la moindre goutte. Elle avait tout son temps, plus de menus à composer, de permis de table à surveiller, de commandes à vérifier, elle était libre. Tout était possible. RE-partir. RE-commencer.

Elle aperçut alors une silhouette approcher la porte d'entrée de la magnanerie, lever la tête vers les fenêtres. C'était Anna Janvier. La sonnette du visiophone retentit. Alors qu'elle déclenchait l'ouverture de la porte, Lou vit le grand escogriffe qui travaillait avec Anna, un corps blotti dans ses bras, sorte de pietà debout. Lou reconnut sa fille dans ce Jésus endormi, envisagea Jeanne en cadavre et se précipita :

— Ne vous inquiétez pas, rassura la Janvier, Jeanne va bien, elle est parfaitement indemne, juste commotionnée.

Lou touchait les mains tièdes de sa fille, son visage rayonnant. Tout de même. Mettre cette beauté au monde.

— On lui a donné un narcotique, il faut vraiment qu'elle dorme ! Par ici, Pierraud !

Le type déposa Jeanne sur le canapé calé sous la fenêtre. Couchée ainsi, Jeanne ne paraissait pas si grande, pas si solide. Sourire aux lèvres, transfigurée par l'abandon, elle était si calme, si juvénile, peut-être l'enfant qu'elle n'avait jamais été.

— Elle a eu une crise de nerfs, on n'arrivait pas à la calmer !

— Jeanne ?

Ce n'était pas crédible, Jeanne pouvait houspiller

quelqu'un, lui gueuler dessus, mais pas craquer au point d'avoir besoin d'une piqûre !

— Le médecin rappellera ce soir. Ne vous inquiétez pas, il vous expliquera, elle a surtout besoin de repos. Voici son écran et quelques affaires !

Anna Janvier lui tendit un petit sac. Trois vêtements, des médicaments.

— La police est à la ferme, ça barde, et j'ai préféré qu'on la laisse tranquille, qu'elle soit avec vous. Vous avez de la chance d'avoir une fille aussi formidable.

Lou ne savait que dire, elle ne comprenait pas pourquoi Anna, qu'elle connaissait à peine, était si attentionnée avec elle. Leur dernière rencontre, alors qu'elle cherchait Irina, avait été difficile, le souvenir de ce moment rappela à Lou la belle brune aux yeux verts qui devait déjà être à hauteur de Cluny, dans le TGV en direction de Paris. Elle sortit de sa poche l'écran d'Albert Jeoffroy qu'elle lui avait confié.

— Il faudrait le déverrouiller. Vous y trouverez sûrement des explications à pas mal de choses.

— On va donner ça à Ferdinand, c'est un as pour ça. Hein, Pierraud ?

Le grand maigre dont Lou ignorait le nom avait une façon presque rapace de la dévisager, mais surtout, il avait le visage couvert de boutons, comme l'éruption d'un herpès géant qui faisait peur. Outre ce prurit spectaculaire, il était du genre méfiant qui fuit le contact, préfère ne pas ouvrir les bras. Ce qui était peut-être sa façon à lui d'avoir du charme.

Lou s'adressa à la Janvier :

— En tout cas, cette personne qui n'était pas vraiment quelqu'un n'en a plus besoin.

— Albert Jeoffroy ? fit le boutonneux.

Il la regarda. Il avait compris. Il savait beaucoup plus de choses qu'elle, et déchiffrer l'œuvre posthume de celui dont il avait tenu à lui montrer la photo lui serait plus utile qu'à elle. L'idée de fouiller l'écran du facilitateur lui bottait en tout cas, il pianotait déjà, totalement absorbé. Il finirait sûrement par en tirer quelque chose qui n'intéressait pas Lou le moins du monde. Peut-être allait-il dénicher des plans d'aménagement de nouveaux hôtels, de golfs, de plans d'eau, un aéroport moyen-courrier, des fondations artistiques, et même la magnanerie en résidence de luxe ! Elle s'en foutait. Jeanne était là.

— Qu'est-ce qui s'est passé ?

— Cyril est mort, murmura Anna Janvier.

Lou ne comprenait pas, ne voulait pas comprendre, pas un nouvel assassinat, pas un pied de plus dans la guerre avec ses morts et ses chagrins, pas mort le surdoué si proche de sa fille qu'elle ne pouvait s'imaginer sans lui, ne pourrait se réveiller sans lui !

Jeanne sans Cyril.

L'écran d'Anna vibra, elle s'éloigna, se mit à parler fort, Lou restait figée, Jeanne souriait. Jeanne sans Cyril respirait tranquillement, son visage était détendu, la peau dorée de ses jambes et de ses bras était ferme et lisse, vivante.

Lou la revoyait enfant, elle se revoyait enfant, elle pensa qu'elle n'avait pas remercié Anna Janvier de lui avoir ramené Jeanne ici. Jeanne était auprès d'elle. Peut-être saurait-elle la garder. Elles étaient complémentaires. Lou lui avait transmis ce que Laurent lui avait transmis à elle. Le goût et le talent de nourrir les autres. Elle convaincrait peut-être sa fille de recommencer. Autrement. Ailleurs. Se refaire une santé, et pourquoi pas en Bresse, Antoine avait le terrain, les trois vieux leur retraite. Lou allait engager la fille qu'elle avait croisée au camp, se porter caution pour elle et sa famille. Nour était d'accord, elle applaudissait.

Brusquement, quelque chose se brisa dans un grand fracas, Lou crut à un tremblement de terre incongru dans ces lieux non reconnus zone à risque sismique. Un rugissement retentit qui fit vibrer la bâtisse, une cascade de boue dévalait sur l'hôtel, envoyant valdinguer le sommet du hall et ses moucharabiehs, la marée folle poursuivait son chemin en diagonale comme si elle choisissait le trajet susceptible de faire le plus de dégâts : le restaurant, la terrasse, les micocouliers, les parasols, Lou avait du mal à y croire, elle assistait à une catastrophe dont elle connaissait par cœur les représentations mille fois radotées, les cyclones, les tornades, les feux, les inondations, les villes et les villages balayés en quelques minutes, un de ces cataclysmes quotidiens auxquels elle s'était comme tout le monde habituée, cette fois, elle n'était pas devant un écran, mais à sa fenêtre, dans sa maison qui n'était plus vraiment la sienne, sa fille qui n'était plus la même, qui ne serait plus jamais la même, et le désastre sous ses yeux avait bien lieu devant elle, en temps réel, des morceaux de murs volaient, une moto voguait sur le torrent en furie, la Janvier gueulait elle ne savait quoi aux flics, aux pompiers, le grand échalas filmait la mélasse qui dévalait, sombre et visqueuse, de plus en plus ébouriffée, le mugissement ne faiblissait pas, ils étaient à l'abri du torrent, en surplomb de la vallée, Lou suppliait le monstre de rester loin de Jeanne.

Il était onze heures du matin, la patronne du restaurant du *Mas des collines* aurait pu être là-bas, avec Bao, Oreste, Fatou et Josek, qui eux devaient être en cuisine, ils n'avaient pas eu comme elle la chance d'être licenciés, ne pas les imaginer morts, perdre Oreste c'était perdre Nour un peu plus, Lou ne pouvait pas savoir, ce serait pour plus tard, pour l'instant Jeanne était à l'abri avec elle dans le corps de pierre si solide de la magnanerie, Gabriel veillait sur elles, Jeanne dormait toujours au bois de l'amnésie, sans défense. Lou regardait le torrent bondir, la salle de restaurant n'existait plus mais il lui semblait que la cuisine subsistait sur les rives du monstre, elle en voyait le mur et le toit, la cheminée d'aération des cuisines continuait à pointer vers le ciel.

Lou tourna le dos à l'écran de la fenêtre, elle resta longtemps comme ça, vaincue, d'accord pour en finir, l'agonie du monde durait depuis des décennies, sa mort aurait dû déjà survenir. Parvenir jusqu'à ce moment présent était une chance qu'elle n'avait pas mesurée, le grondement s'acharnait et Jeanne souriait, RE-partir, RE-commencer ailleurs, c'était trop tard, le grand escogriffe filmait toujours et Anna parlementait avec les autorités,

Lou avait réussi à sortir de l'ornière en Afghanistan, elle avait eu droit à plus de trente ans de rab, elle avait eu droit à tout, l'amour, la passion du travail, la chance d'être vaillante et entourée. Cette chance. Ça pouvait bien finir pour elle, tant pis, pourvu que Jeanne continue à se reposer.

Elle ferma les yeux, imaginant que le temps passait plus vite dans l'obscurité, elle tenait la main de Jeanne, puis, plus tard, combien de temps plus tard, le bruit parut diminuer, elle rouvrit les yeux, la diagonale de boue continuait à barrer le paysage, mais moins ébouriffée, une grosse rivière qui coulait dans son lit qu'elle s'était choisi là, pour quelques heures, quelques jours ou quelques siècles, une rivière à la place d'un hôtel-restaurant, l'alternance des pouvoirs était à l'œuvre.

À l'est l'horizon s'était éclairci mais au-dessus d'eux le ciel creva d'un coup, la pluie se mit à battre les vitres. Le vent malmenait les arbres, les éclairs découpaient le ciel au chalumeau.

Au loin, on entendait les miaulements des sirènes des pompiers et des ambulances que couvrirent les rires et éclats de voix du trio de vieux qui entra joyeusement dans la pièce, totalement inconscient de ce qui s'était passé et de ce qui se passait. Patrick poussait la chaise roulante dans laquelle trônait Isabelle, épanouie, royale. Laurent faisait le beau, tournicotant autour d'elle, pénétré par son propos :

— Quatre-vingt-dix-sept ans, ça passe tellement vite ! Jusqu'à sept ans, ça ne compte pas vraiment, tu n'apprécies pas pareil. Donc mettons quatre-vingt-dix ans. Quatre-vingt-dix occasions de manger pour la première fois une pêche, une blanche, mûre à point, bien juteuse, qui a mûri sur l'arbre ! Ça te coule sur les doigts, tu t'en fous partout, t'es le roi du monde pendant deux minutes et demie, tu mâches, tu fais durer, t'es éternel, tu manges ta première pêche de l'année !

Isabelle le dévorait des yeux, elle resplendissait, les mains qui s'empêchaient d'applaudir réunies comme dans une prière.

— Seulement quatre-vingt-dix premières pêches avec le parfum de la chair mouillée qui te jute dans la bouche ! Y en a qui boulottent ça sans y penser, les pauvres ! Ils auraient dû rester morts ! Parce que c'est pas plus compliqué que ça : avant de vivre, t'es mort, et à la fin, tu re-meurs. En attendant, tu fais gaffe à toutes les premières fois où tu manges une pêche.

DE LA MÊME AUTRICE

Aux Éditions Gallimard

Dans la Série Noire

NOS DERNIERS FESTINS, 2019, Folio Policier nº 947.

MONTMARTRE. MONT DES MARTYRS, 2008.

MORE IS LESS, 2002, Folio Policier nº 521.

TROUBLES FÊTES, 2001.

LE CHANT DU BOUC, 2000, Folio Policier nº 262.

ÉROS ET THALASSO, 1998, Folio Policier nº 402.

Dans la collection Folio

INTIMITÉS et autres nouvelles, 2005, nº 4281.

Aux Éditions Joëlle Losfeld

ET ELLES CROYAIENT EN JEAN-LUC GODARD, 2015.

CINQ FEMMES CHINOISES, 2013 (Folio nº 5831).

DE BOUCHE À BOUCHES, 2011.

PARADIS ANDALOUS, 2007.

Chez d'autres éditeurs

Romans

I LOVE LYON, Les petits polars du *Monde*, 2015.

CRISE DE NERFS, Les petits polars du *Monde*, 2012.

TIREZ SUR LE CAVISTE, Éditions La Branche, 2007 (Folio Policier nº 908).

L'ENFER DES ANGES, Fayard Noir, 2005.

LA VISITE, Éditions Balland, 2003 (Folio nº 4126).

LAVANDE TUERA, Éditions Baleine, 1997.

LE SQUATT, Le Cherche-Midi, 1996.

LE FILS D'ARIANE, Éditions Manya, 1992.

SUPERMARCHÉ RAYON BONHEUR, Éditions Manya, 1990.

L'OCTOBRE, Éditions Jean-Jacques Pauvert, 1976.

Essais et autres textes

TAMALOUS, *poésie*, Éditions La Sirène étoilée, 2016.

SIGNORET OU LA TRAVERSÉE DES APPARENCES, Éditions des Busclats, 2015.

PLAT DE RÉSISTANCE, *nouvelles*, Éditions 1973, 2012.

À CŒUR ET À KRISS, Éditions des Busclats, 2011.

LE CHINOIS. SEXE, DROGUE ET BAIN-MARIE, *nouvelles*, Éditions 1973, 2010.

VOYAGES EN GOURMANDISES, *nouvelles*, NiL Éditions, 2007.

NOIR CAMÉRA !, *nouvelles*, Fayard Noir, 2006.

CHERCHEURS DE BLEU, *poésie*, Éditions Colophon, 2004.

CHAIRS AMIES, *poésie*, Éditions du Ricochet, 2001.

UN SCÉNARIO NOMMÉ DÉSIR, avec Brigitte Peskine, Belfond, 1994.

ET L'AMOUR DANS TOUT ÇA ?, avec Kriss Graffiti, Éditions Balland, 1989.

RIGOLE ET TAIS-TOI, avec Martine Boëri, Éditions Calmann-Lévy, 1989.

PAPY-BOOM, avec Maximilienne Levet, Éditions Grasset, 1988.

COLLECTION FOLIO POLICIER

Dernières parutions

634. Caryl Férey	*Saga maorie*
635. James Sallis	*Le frelon noir*
636. Gabriel Trujillo Muñoz	*Mexicali City Blues*
637. Heinrich Steinfest	*Requins d'eau douce*
638. Simon Lelic	*Rupture*
639. Jenny Siler	*Flashback*
640. Joachim Sebastiano Valdez	*Les larmes des innocentes*
641. Kjell Ola Dahl	*L'homme dans la vitrine*
642. Ingrid Astier	*Quai des enfers*
643. Kent Harrington	*Jungle rouge*
644. Dashiell Hammett	*Le faucon maltais*
645. Dashiell Hammett	*L'introuvable*
646. DOA	*Le serpent aux mille coupures*
647. Larry Beinhart	*L'évangile du billet vert*
648. William Gay	*La mort au crépuscule*
649. Gabriel Trujillo Muñoz	*Mezquite Road*
650. Boileau-Narcejac	*L'âge bête*
651. Anthony Bourdain	*La surprise du chef*
652. Stefán Máni	*Noir Océan*
653. ***	*Los Angeles Noir*
654. ***	*Londres Noir*
655. ***	*Paris Noir*
656. Elsa Marpeau	*Les yeux des morts*
657. François Boulay	*Suite rouge*
658. James Sallis	*L'œil du criquet*
659. Jo Nesbø	*Le léopard*
660. Joe R. Lansdale	*Vanilla Ride*
661. Georges Flipo	*Le commissaire n'aime point les vers*
662. Stephen Hunter	*Shooter*
663. Pierre Magnan	*Élégie pour Laviolette*

664. James Hadley Chase — *Tu me suivras dans la tombe*
665. Georges Simenon — *Long cours*
666. Thomas H. Cook — *La preuve de sang*
667. Gene Kerrigan — *Le chœur des paumés*
668. Serge Quadruppani — *Saturne*
669. Gunnar Staalesen — *L'écriture sur le mur*
670. Georges Simenon — *Chez Krull*
671. Georges Simenon — *L'inspecteur Cadavre*
672. Kjetil Try — *Noël sanglant*
673. Graham Hurley — *L'autre côté de l'ombre*
674. John Maddox Roberts — *Les fantômes de Saigon*
675. Marek Krajewski — *La peste à Breslau*
676. James Sallis — *Bluebottle*
677. Philipp Meyer — *Un arrière-goût de rouille*
678. Marcus Malte — *Les harmoniques*
679. Georges Simenon — *Les nouvelles enquêtes de Maigret*
680. Dashiell Hammett — *La clé de verre*
681. Caryl Férey – Sophie Couronne — *D'amour et dope fraîche*
682. Marin Ledun — *La guerre des vanités*
683. Nick Stone — *Voodoo Land*
684. Frederick Busch — *Filles*
685. Paul Colize — *Back up*
686. Saskia Noort — *Retour vers la côte*
687. Attica Locke — *Marée noire*
688. Manotti – DOA — *L'honorable société*
689. Carlene Thompson — *Les ombres qui attendent*
690. Claude d'Abzac — *Opération Cyclope*
691. Joe R. Lansdale — *Tsunami mexicain*
692. F. G. Haghenbeck — *Martini Shoot*
693. *** — *Rome Noir*
694. *** — *Mexico Noir*
695. James Preston Girard — *Le Veilleur*
696. James Sallis — *Bête à bon dieu*
697. Georges Flipo — *Le commissaire n'a point l'esprit club*

698. Stephen Hunter	*Le 47e samouraï*
699. Kent Anderson	*Sympathy for the Devil*
700. Heinrich Steinfest	*Le grand nez de Lilli Steinbeck*
701. Serge Quadruppani	*La disparition soudaine des ouvrières*
702. Anthony Bourdain	*Pizza créole*
703. Frederick Busch	*Nord*
704. Gunnar Staalesen	*Comme dans un miroir*
705. Jack Ketchum	*Une fille comme les autres*
706. John le Carré	*Chandelles noires*
707. Jérôme Leroy	*Le Bloc*
708. Julius Horwitz	*Natural Enemies*
709. Carlene Thompson	*Ceux qui se cachent*
710. Fredrik Ekelund	*Le garçon dans le chêne*
711. James Sallis	*Salt River*
712. Georges Simenon	*Cour d'assises*
713. Antoine Chainas	*Une histoire d'amour radioactive*
714. Matthew Stokoe	*La belle vie*
715. Frederick Forsyth	*Le dossier Odessa*
716. Caryl Férey	*Mapuche*
717. Franck Bill	*Chiennes de vies*
718. Kjell Ola Dahl	*Faux-semblants*
719. Thierry Bourcy	*Célestin Louise, flic et soldat dans la guerre de 14-18*
720. Doug Allyn	*Cœur de glace*
721. Kent Anderson	*Chiens de la nuit*
722. Raphaël Confiant	*Citoyens au-dessus de tout soupçon…*
723. Serge Quadruppani	*Madame Courage*
724. Boileau-Narcejac	*Les magiciennes*
725. Boileau-Narcejac	*L'ingénieur aimait trop les chiffres*
726. Inger Wolf	*Nid de guêpes*
727. Seishi Yokomizo	*Le village aux Huit Tombes*
728. Paul Colize	*Un long moment de silence*
729. F. G. Haghenbeck	*L'Affaire tequila*

730. Pekka Hiltunen	*Sans visage*
731. Graham Hurley	*Une si jolie mort*
732. Georges Simenon	*Le bilan Malétras*
733. Peter Duncan	*Je suis un sournois*
734. Stephen Hunter	*Le sniper*
735. James Sallis	*La mort aura tes yeux*
736. Elsa Marpeau	*L'expatriée*
737. Jô Soares	*Les yeux plus grands que le ventre*
738. Thierry Bourcy	*Le crime de l'Albatros*
739. Raymond Chandler	*The Long Goodbye*
740. Matthew F. Jones	*Une semaine en enfer*
741. Jo Nesbø	*Fantôme*
742. Alix Deniger	*I cursini*
743. Anders Bodelsen	*Septembre rouge (Rouge encore)*
744. Patrick Pécherot	*La saga des brouillards*
745. Thomas H. Cook	*Secrets de famille*
746. Ken Bruen	*Chemins de croix*
747. David Ellis	*La comédie des menteurs*
748. Boileau-Narcejac	*À cœur perdu (Meurtre en 45 tours)*
749. Boileau-Narcejac	*Le mauvais œil* suivi d'*Au bois dormant*
750. Ingrid Astier	*Angle mort*
751. Carlene Thompson	*Jusqu'à la fin*
752. Dolores Redondo	*Le gardien invisible*
753. Dashiell Hammett	*Le sac de Couffignal* suivi d'*Âmes malhonnêtes* et de *Tulip*
754. Mario Falcone	*L'aube noire*
755. François Boulay	*Cette nuit…*
756. Didier Daeninckx	*Têtes de Maures*
757. Gunnar Staalesen	*Face à face*
758. Dominique Manotti	*L'évasion*
759. Laurent Guillaume	*Black cocaïne*
760. Jô Soares	*Meurtres à l'Académie*

761. Inger Wolf	*Mauvaises eaux*
762. Jo Nesbø	*Police*
763. Jonathan Ames	*Tu n'as jamais été vraiment là*
764. Jack Vance	*Méchant garçon*
765. John le Carré	*L'appel du mort*
766. Bill Pronzini	*Mademoiselle Solitude*
767. Franz Bartelt	*Chaos de famille*
768. Thierry Bourcy	*Les ombres du Rochambeau*
769. Georges Simenon	*Nouvelles exotiques*
770. Jo Nesbø	*L'inspecteur Harry Hole. L'intégrale, I*
771. Lorenzo Lunar	*La vie est un tango*
772. Nick Stone	*Cuba Libre*
773. Jean-Claude Izzo	*Fabio Montale*
774. Boileau-Narcejac	*Les intouchables*
775. Boileau-Narcejac	*Les visages de l'ombre*
776. Joe R. Lansdale	*Diable rouge*
777. Fredrik Ekelund	*Blueberry Hill*
778. Heinrich Steinfest	*Le poil de la bête*
779. Batya Gour	*Meurtre en direct*
780. Laurent Whale	*Les Rats de poussière I Goodbye Billy*
781. Joe R. Lansdale	*Le sang du bayou*
782. Boileau-Narcejac	*Le contrat*
783. Boileau-Narcejac	*Les nocturnes*
784. Georges Simenon	*Le bateau d'Émile*
785. Dolores Redondo	*De chair et d'os*
786. Max Bentow	*L'Oiseleur*
787. James M. Cain	*Bloody cocktail*
788. Marcus Sakey	*Les Brillants*
789. Joe R. Lansdale	*Les Mécanos de Vénus*
790. Jérôme Leroy	*L'ange gardien*
791. Sébastien Raizer	*L'alignement des équinoxes*
792. Antonio Manzini	*Piste noire*
793. Jo Nesbø	*Du sang sur la glace*
794. Joy Castro	*Après le déluge*
795. Stuart Prebble	*Le Maître des insectes*

796. Sonja Delzongle	*Dust*
797. Luís Miguel Rocha	*Complots au Vatican I Le dernier pape*
798. Caryl Férey	*Saga maorie*
799. Thierry Bourcy	*Célestin Louise, flic et soldat dans la guerre de 14-18*
800. Barry Gornell	*La résurrection de Luther Grove*
801. Antoine Chainas	*Pur*
802. Attica Locke	*Dernière récolte*
803. Maurice G. Dantec	*Liber mundi I Villa Vortex*
804. Howard Gordon	*La Cible*
805. Alain Gardinier	*DPRK*
806. Georges Simenon	*Le Petit Docteur*
807. Georges Simenon	*Les dossiers de l'Agence O*
808. Michel Lambesc	*La « horse »*
809. Frederick Forsyth	*Chacal*
810. Gunnar Staalesen	*L'enfant qui criait au loup*
811. Laurent Guillaume	*Delta Charlie Delta*
812. Laurent Whale	*Les Rats de poussière II Le manuscrit Robinson*
813. J. J. Murphy	*Le cercle des plumes assassines*
814. Éric Maravélias	*La faux soyeuse*
815. DOA	*Le cycle clandestin, tome I*
816. Luke McCallin	*L'homme de Berlin*
817. Lars Pettersson	*La loi des Sames*
818. Boileau-Narcejac	*Schuss*
819. Dominique Manotti	*Or noir*
820. Alberto Garlini	*Les noirs et les rouges*
821. Marcus Sakey	*Les Brillants II Un monde meilleur*
822. Thomas Bronnec	*Les initiés*
823. Kate O'Riordan	*La fin d'une imposture*
824. Mons Kallentoft, Markus Lutteman	*Zack*
825. Robert Karjel	*Mon nom est N.*
826. Dolores Redondo	*Une offrande à la tempête*
827. Benoît Minville	*Rural noir*

828. Sonja Delzongle	*Quand la neige danse*
829. Germán Maggiori	*Entre hommes*
830. Shannon Kirk	*Méthode 15-33*
831. Elsa Marpeau	*Et ils oublieront la colère*
832. Antonio Manzini	*Froid comme la mort*
833. Luís Miguel Rocha	*Complots au Vatican II La balle sainte*
834. Patrick Pécherot	*Une plaie ouverte*
835. Harry Crews	*Le faucon va mourir*
836. DOA	*Pukhtu. Primo*
837. DOA	*Pukhtu. Secundo*
838. Joe R. Lansdale	*Les enfants de l'eau noire*
839. Gunnar Staalesen	*Cœurs glacés*
840. Jo Nesbø	*Le fils*
841. Luke McCallin	*La maison pâle*
842. Caryl Férey	*Les nuits de San Francisco*
843. Graham Hurley	*Le paradis n'est pas pour nous*
844. Boileau-Narcejac	*Champ clos*
845. Lawrence Block	*Balade entre les tombes*
846. Sandrine Roy	*Lynwood Miller*
847. Massimo Carlotto	*La vérité de l'Alligator*
848. Benoît Philippon	*Cabossé*
849. Grégoire Courtois	*Les lois du ciel*
850. Caryl Férey	*Condor*
851. Antonio Manzini	*Maudit printemps*
852. Jørn Lier Horst	*Fermé pour l'hiver*
853. Sonja Delzongle	*Récidive*
854. Noah Hawley	*Le bon père*
855. Akimitsu Takagi	*Irezumi*
856. Pierric Guittaut	*La fille de la Pluie*
857. Marcus Sakey	*Les Brillants III En lettres de feu*
858. Matilde Asensi	*Le retour du Caton*
859. Chan Ho-kei	*Hong Kong Noir*
860. Harry Crews	*Des savons pour la vie*
861. Mons Kallentoft, Markus Lutteman	*Zack II Leon*
862. Elsa Marpeau	*Black Blocs*

863. Jo Nesbø	*Du sang sur la glace II Soleil de nuit*
864. Brigitte Gauthier	*Personne ne le saura*
865. Ingrid Astier	*Haute Voltige*
866. Luca D'Andrea	*L'essence du mal*
867. DOA	*Le cycle clandestin, tome II*
868. Gunnar Staalesen	*Le vent l'emportera*
869. Rebecca Lighieri	*Husbands*
870. Patrick Delperdange	*Si tous les dieux nous abandonnent*
871. Neely Tucker	*La voie des morts*
872. Nan Aurousseau	*Des coccinelles dans des noyaux de cerise*
873. Thomas Bronnec	*En pays conquis*
874. Lawrence Block	*Le voleur qui comptait les cuillères*
875. Steven Price	*L'homme aux deux ombres*
876. Jean-Bernard Pouy	*Ma ZAD*
877. Antonio Manzini	*Un homme seul*
878. Jørn Lier Horst	*Les chiens de chasse*
879. Jérôme Leroy	*La Petite Gauloise*
880. Elsa Marpeau	*Les corps brisés*
881. Sonja Delzongle	*Boréal*
882. Patrick Pécherot	*Hével*
883. Attica Locke	*Pleasantville*
884. Harry Crews	*Car*
885. Caryl Férey	*Plus jamais seul*
886. Guy-Philippe Goldstein	*Sept jours avant la nuit*
887. Tonino Benacquista	*Quatre romans noirs*
888. Melba Escobar	*Le salon de beauté*
889. Noah Hawley	*Avant la chute*
890. Tom Piccirilli	*Les derniers mots*
891. Jo Nesbø	*La soif*
892. Dominique Manotti	*Racket*
893. Joe R. Lansdale	*Honky Tonk Samouraï*
894. Antoine Chainas	*Empire des chimères*
895. Jean-François Paillard	*Le Parisien*

896.	Luca d'Andrea	*Au cœur de la folie*
897.	Sonja Delzongle	*Le hameau des Purs*
898.	Gunnar Staalesen	*Où les roses ne meurent jamais*
899.	Mons Kallentoft, Markus Lutteman	*Bambi*
900.	Kent Anderson	*Un soleil sans espoir*
901.	Nick Stone	*Le verdict*
902.	Lawrence Block	*Tue-moi*
903.	Jørn Lier Horst	*L'usurpateur*
904.	Paul Howarth	*Le diable dans la peau*
905.	Frédéric Paulin	*La guerre est une ruse*
906.	Paul Colize	*Un jour comme les autres*
907.	Sébastien Gendron	*Révolution*
908.	Chantal Pelletier	*Tirez sur le caviste*
909.	Sonja Delzongle	*Cataractes*
910.	Elsa Marpeau	*Son autre mort*
911.	Joe Ide	*Gangs of L.A.*
912.	Francesco Dimitri	*Le livre des choses cachées*
913.	Jo Nesbø	*Macbeth*
914.	Dov Alfon	*Unité 8200*
915.	Jérôme Leroy	*Un peu tard dans la saison*
916.	Pasquale Ruju	*Une affaire comme les autres*
917.	Jean-Bernard Pouy	*Trilogie spinoziste*
918.	Abir Mukherjee	*L'attaque du Calcutta-Darjeeling*
919.	Richard Morgiève	*Le Cherokee*
920.	Antonio Manzini	*La course des hamsters*
921.	Gunnar Staalesen	*Piège à loup*
922.	Christian White	*Le mystère Sammy Went*
923.	Yûko Yuzuki	*Le loup d'Hiroshima*
924.	Caryl Férey	*Paz*
925.	Vlad Eisinger	*Du rififi à Wall Street*
926.	Parker Bilal	*La cité des chacals*
927.	Emily Koch	*Il était une fois mon meurtre*
928.	Frédéric Paulin	*Prémices de la chute*
929.	Sonja Delzongle	*L'homme de la plaine du nord*
930.	Sébastien Rutés	*Mictlán*

Composition APS-ie
Impression Maury Imprimeur
à Malesherbes, le 2 novembre 2021
Dépôt légal : novembre 2021
Numéro d'imprimeur : 257193

ISBN 978-2-07-292310-4. / Imprimé en France.

373640